AF628244

Timo Parvela

PEKKAS GEHEIME AUFZEICHNUNGEN

Das verschollene Samuraischwert

Timo Parvela

PEKKAs GEHEIME AUFZEICHNUNGEN

Das verschollene Samuraischwert

Aus dem Finnischen von
Anu und Nina Stohner
Mit Bildern von Pasi Pitkänen

Carl Hanser Verlag

1.

Eine Schatzsuche ist echt harte Arbeit. Der Boden ist hart. Die Steine sind hart. Die Baumwurzeln sind hart. Der Spaten ist hart. Aber wir Schatzsucher sind auch harte Kerle.

Außerdem hilft mir mein Hund Totti, so gut er kann. Obwohl er nur eine heile Vorderpfote hat, kann er klasse graben.

2.

»Was suchst du?«, fragte Senja, als sie mich graben sah. Wir sind Freunde, seit wir mal zusammen in Norwegen waren und ein Seeungeheuer vor der schrecklichen Kapitänin Hahab gerettet haben.* Senja hat auch einen Hund. Er heißt Topi.

»Einen Schatz«, sagte ich.

»Und? Hast du schon einen gefunden?«

»Eine alte Konservendose, drei rostige Nägel, ein Stück Maschendraht, einen Tannenzapfen, einen Kronkorken, ein Kaugummipapierchen und einen Euro«, zählte ich auf.

* Das spannende Abenteuer kann man in »Pekkas geheime Aufzeichnungen – Der verrückte Angelausflug« nachlesen.

»Einen Euro? Meinst du, davon gibt's da unten noch mehr?«, fragte Senja interessiert.
»Eher nicht. Der eine ist mir wahrscheinlich selber aus der Hosentasche gefallen. Die hat nämlich ein Loch«, sagte ich und zeigte Senja, dass ich alle Finger auf einmal durchstecken konnte.
»Quatschtüte! Und in echt gibt's Schätze sowieso nicht!«
»Selber Quatschtüte! Und Schätze gibt's ganz bestimmt. Man muss nur dran glauben. Und finden muss man sie, logisch.«
»Ich muss los«, sagte Senja. »Bis bald, Quatschtüte!«
»Ich freu mich schon, Quatschtüte!«, sagte ich.
Kurz darauf hörte ich auf zu graben und schmiss den ganzen gefundenen Krempel in den Müll. Abgesehen von dem Euro natürlich. Totti hatte wenigstens einen Knochen gefunden. Für einen Hund ist das echt ein Schatz.

3.

»Und? Wie war heute die Ausbeute?«, fragte mein Vater.

»Gigantisch«, sagte ich.

»Heißt das, ich kann aufhören zu arbeiten und anfangen, von den Zinsen zu leben?«, erkundigte sich Vater.

»Sicher.«

»Kann ich mir schon mal einen Hubschrauber und eine Jacht bestellen?«

»Klar.«

»Also war's wieder mal nicht so toll?«

»Nein.«

»Macht nichts. Morgen ist auch noch ein Tag.«

»Genau.«

»Ohne Fleiß kein Preis.«

»Genau.«

»Ende gut, alles gut.«

»Genau.«

»Und da ist immer noch die Post.«

»Hä?«

»Du hast ein Paket bekommen. Es liegt in deinem Zimmer.«

Mein Vater spricht manchmal echt in Rätseln.

4.

Das Paket lag auf meinem Bett. Es war länglich, hart und ziemlich schwer. Totti schnupperte daran und winselte. Das Paket kam aus Australien. Von da bis zu uns ist es richtig weit. Mein Onkel Remu wohnt da, und wenn ich ihm eine SMS schicke, dauert es eine ganze Woche, bis die Antwort kommt.

Außer Onkel Remu kenne ich in Australien noch seine Frau Karoliina. Onkel Remu ist der Bruder meiner Mutter. Außerdem ist er Ingenieur und erfindet neue Zahnräder für Maschinen. Ich hob das Paket noch mal hoch. Wenn Zahnräder drin waren, mussten es ganz schön viele sein. Ich schob das Paket unters Bett. Im Moment konnte ich keine Zahnräder gebrauchen. Da wäre mir ein Schatz lieber gewesen.

Pekka presents:
INDIANA PEKKA

5.

Schätze sind nützlich, wenn man reich werden und lustige Sachen machen will.

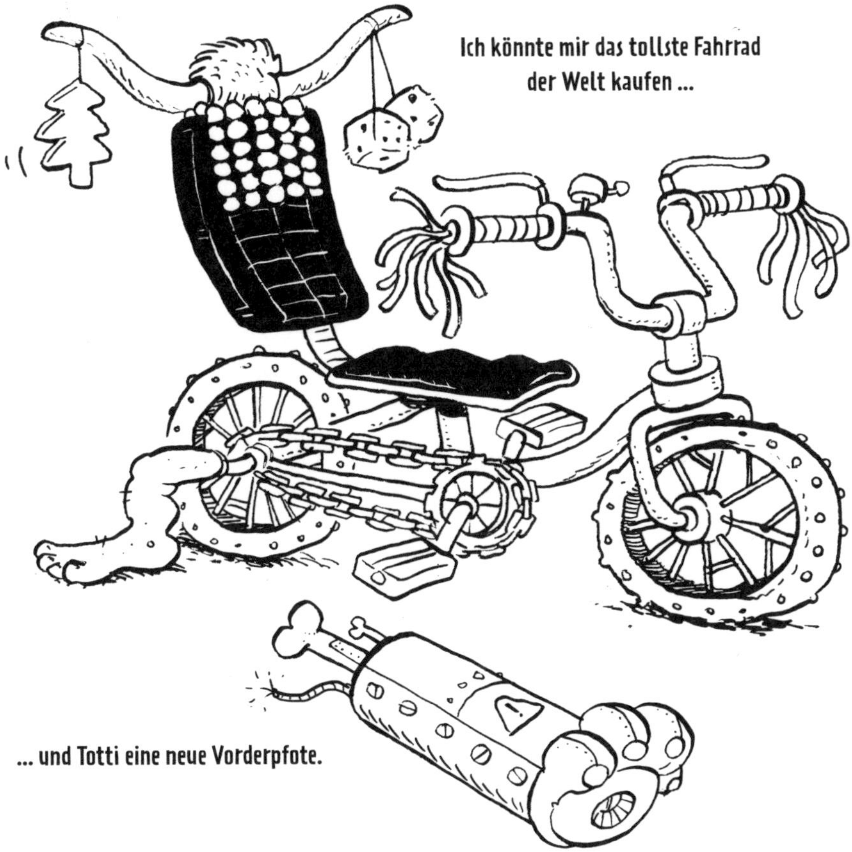

Der Tierarzt sagt, man könnte Totti schon eine neue Vorderpfote anfertigen. Eine Prothese. Man bräuchte dazu nur ein ganz stabiles und trotzdem leichtes Material. So, wie Hunde mit den Pfoten graben, ginge Kunststoff viel zu schnell kaputt, und gewöhnliche Metalle wären für einen kleinen Hund zu schwer. Es gibt leichte Spezialmetalle, aber die sind irre teuer. Wenn ich einen Schatz finde, kaufe ich das leichteste Supermetall der Welt, und Totti bekommt seine Prothese. Dann nenne ich ihn Totti Superpfote und lasse ihn Löcher in den Asphalt graben.

6.

Mitten in der Nacht bin ich dann aufgewacht. Totti schnaubte und bewegte im Schlaf die Beine, als würde er rennen. Trotzdem hatte nicht er mich geweckt, sondern das Paket unterm Bett. Genauer gesagt, ging es mir die ganze Zeit im Kopf herum. Ich überlegte, warum mir mein Onkel wohl Zahnräder schicken sollte. Ich hatte doch gar keine Maschinen, in die sie passten. Und Onkel Remu nahm es mit allem immer sehr genau. Würde er mir also etwas vollkommen Unnötiges aus Australien schicken? – Nein, das fände er bestimmt nur eine Verschwendung von Zeit und Geld.

Ich holte das Paket unterm Bett hervor und riss das Packpapier ab. Totti war auch wach geworden und kam mir helfen. Er kämpfte mit dem Papier und zerfetzte es, bis nur noch ein Berg Schnipsel übrig war.

Unter dem Packpapier war ein Spezialkarton, und daran klebte ein Kärtchen: »Alles Gute zum 8., 9., 10. und 11. Geburtstag!« Onkel Remu ist sparsam und hat kein so gutes Gedächtnis. Mein achter Geburtstag war schon ein halbes Jahr her.

Der Spezialkarton war schwarz mit gelben Leuchtbuchstaben. »TERRA-XP-150c-woof-GEO« stand darauf. Ich öffnete den Karton und sah einen länglichen Gegenstand, der ein bisschen wie ein komischer, schwarz glänzender Skistock aussah. Am oberen Ende waren ein Display und eine Armstütze angebracht. Ein Metalldetektor! Wahnsinn! Genau so einen hatte ich neulich in einer Zeitschrift gesehen.

Ich drückte auf den Startknopf, und das Display begann, matt zu leuchten. Totti war mucksmäuschenstill.

TERRA-XP-150c-woof-GEO

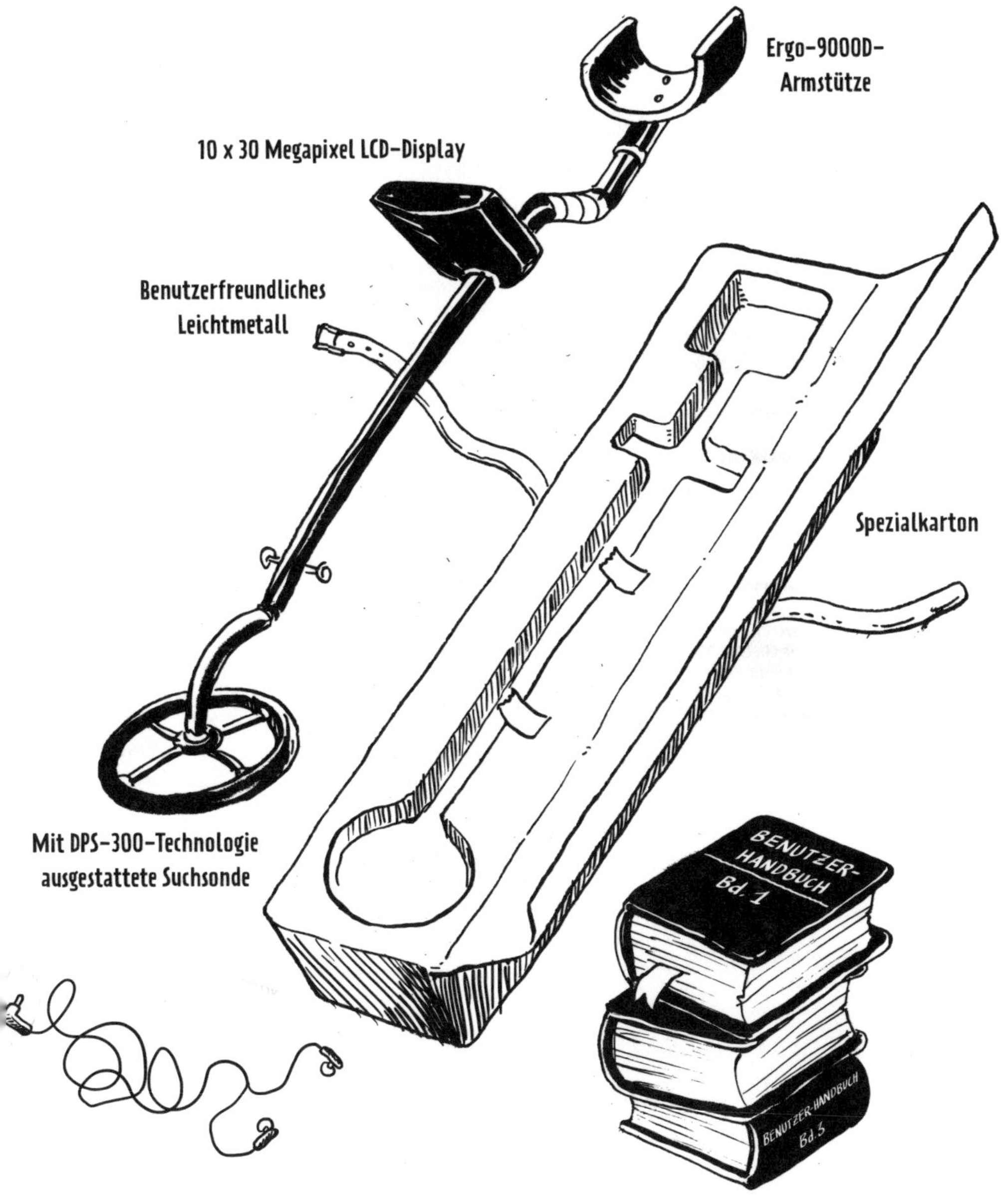

7.

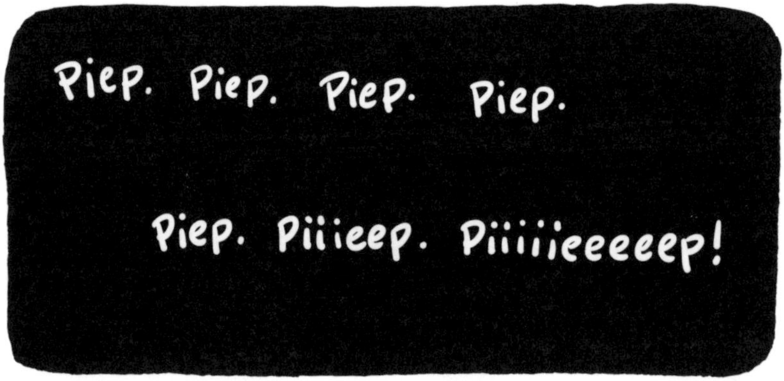

»Vergiss nicht, dich bei deinem Bruder für das Supergeschenk zu bedanken!«, murmelte Vater.

»*Du* hast ihm doch von Pekkas neuem Hobby erzählt«, sagte Mutter verschlafen.

»Ab ins Bett, Pekka!«, befahl Vater. »Du brauchst deinen Schlaf.«

»Totti, das gilt auch für dich!«, befahl Mutter.

»Hä?«, fragte ich. Die zwei waren in dem Gepiepse aber auch kaum zu verstehen.

8.

Mit dem Metalldetektor konnte man tolle Sachen rauskriegen:

9.

Im Fernsehen kam dann was über Japan. Dort passierten seltsame Dinge. In einer uralten Tempelanlage waren plötzlich Löcher im Boden aufgetaucht, als hätte jemand nach einem Schatz gesucht. Vollkommen verrückt! Wer grub denn noch Löcher, wenn er einen Schatz suchte? Dafür gab's doch Metalldetektoren. Die hätten *mich* nach Japan holen sollen!

10.

Nach einer Woche war ich mit dem Metalldetektor schon richtig geschickt. Ich fand damit alles, von alten Blechdosen bis zu rostigen Nägeln. Nur einen echten Schatz hatte ich noch nicht gefunden.

Ich beschloss, es im Kranichpark zu versuchen. Der heißt so, weil genau in der Mitte eine Statue steht, die einen Kranich darstellen soll. Sonst gibt es dort nichts Besonderes, nur Bäume, Bänke und Blumen. Aber die Statue gefällt mir. Der Vogel ist ganz aus Metall und sieht trotzdem richtig lebendig aus. Er hat lange Beine und streckt einen noch längeren, ein bisschen gefährlich aussehenden Schnabel in die Luft. Die Statue heißt aber nicht einfach »Kranich«, sondern »Glücksbringer«. Das steht auf einem Schild unten auf dem Podest. Und dass sie von einem unbekannten Spender ist. Ich dachte, na schön, dann soll sie mir gleich mal bei der Schatzsuche Glück bringen! Hat sie aber nicht. Im Gegenteil.

Es fing alles damit an, dass ich den Metalldetektor an dem Vogel ausprobieren wollte. Genauer gesagt, am Schnabel. Das hat nur leider nicht geklappt. Der Detektor hat keinen Pieps gemacht. Da dachte ich, ich muss ihn vielleicht ein bisschen feiner einstellen. Ich hab alle Knöpfe gleichzeitig gedrückt, und auf einmal kam mir eine Idee: Wenn ich den Metalldetektor ganz unheimlich fein einstellte – vielleicht konnte ich dann sogar einen Schatz durch die Erdkugel hindurch auf der anderen Seite der Welt entdecken. In Australien zum Beispiel. Oder in Japan. Von da an hab ich nicht nur alle Knöpfe gedrückt, sondern das Gerät auch ordentlich geschüttelt. Da hat es endlich wieder gepiepst.

Und wie! Mir klingelte der ganze Kopf! Und ich kriegte das Ding auch nicht mehr aus. Da hab ich's gegen den Sockel der Statue gehauen. Erst ganz leicht und dann fester. Und am Ende richtig fest. Jetzt hat es nicht mehr gepiepst, aber dafür hat das Display zu qualmen angefangen. Zum Glück hatte ich einen erstklassigen Feuerlöscher dabei: Totti hat auf das Display draufgepinkelt, da hat es nur noch mal kurz gezischt, dann war Ruhe. Totti und ich sind ein echt gutes Team. Und der Metalldetektor – na ja, der war mir jetzt fast *zu* still.

11.

Zu Hause erwarteten mich ein Brief und Teil zwei meines Geburtstagsgeschenks: Flugtickets nach Japan für Totti und mich. »Mr Pekka« und »Mr Totti« stand darauf. Die Tickets waren natürlich auch von Onkel Remu, und in dem Brief stand:

Hallo,
Pekka und Totti!

Ich lade euch beide nach Japan ein. Pekka, wusstest du, dass Japan eine Insel ist? Vielleicht wusstest du's, aber bestimmt nicht, dass es eine Schatzinsel ist. Nimm den Metalldetektor mit, dann können wir uns dort ein bisschen amüsieren! Hoffentlich hast du fleißig damit geübt. Bis bald!

Dein Onkel
Remu

Der Brief warf viele Fragen auf: Was machte Onkel Remu in Japan, wo er doch eigentlich in Australien wohnte? Und warum sollten Totti und ich auch dorthin kommen? Was würden Mutter und Vater dazu sagen? Wo genau lag eigentlich Japan? Und was sollte »Mr« heißen?

Ich versuchte, den Metalldetektor einzuschalten, und das Display flackerte sogar kurz. Aber dann wurde es wieder schwarz. Das machte mir, ehrlich gesagt, Sorgen. Hoffentlich störte es Onkel Remu nicht, dass das Gerät nicht mehr so gut funktionierte. Oder brauchte es vielleicht nur eine Weile Ruhe? Bei meinem Vater ist das so. Man braucht ihn nur eine Weile in Ruhe zu lassen, dann ist er ein ganz neuer Mensch.

12.

Zu meiner Überraschung erlaubten es mir meine Eltern, nach Japan zu fliegen. Aber richtig glauben konnte ich es erst, als sie Totti und mich zum Flughafen brachten. Für Totti gab es eine Transportbox, in der er im Laderaum fliegen sollte. Das fand ich doof, und Totti gefiel die Idee auch nicht.

Als Mutter und Vater gegangen waren, sollte ich Totti in die Box locken, aber das war schwer. Mir blieb nichts anderes übrig, als selbst reinzukriechen, damit er sah, wie gemütlich es darin war. Genau da machte jemand das Gittertürchen zu und hob die Box aufs Gepäckband.

Der Flug war ziemlich lang, aber zum Glück hatte man mir Wasser und Kekse in die Box gestellt. Ich konnte nur hoffen, dass es Totti oben im Flieger genauso gut hatte.

13.

Das Wiedersehen bei der Ankunft war schön. Totti wartete am Gepäckband auf mich.

Der Flughafen in Tokio war voller Leute, aber Onkel Remu war nirgends zu sehen.

Ich war schon ganz verzweifelt, als ich plötzlich eine Flüsterstimme hörte.

»Pssst!«

Ich sah Totti überrascht an.

»Nein, hier! Pssst!«

Ich wusste nicht, was ich sagen sollte. Neben uns stand ein ziemlich großer … ein ziemlich großes Wesen. Es hatte einen blauen Rücken, einen weißen Bauch und stand ein bisschen traurig unter einem Regenschirm. Das Gesicht kam mir irgendwie bekannt vor, aber alles andere nicht.

»Onkel Remu?«, fragte ich vorsichtig.

»Nein, ich bin nicht Onkel Remu. Ich bin Totoro«, sagte das Wesen.

»Klar, Onkel Remu. Oder meinetwegen Tätärä. Aber sag mal …«

»Ich bin nicht Onkel Remu, und es gibt auch nichts zu sagen. Kommt jetzt!«, befahl das Wesen.

Also folgten wir ihm, und Totti knurrte leise vor sich hin.

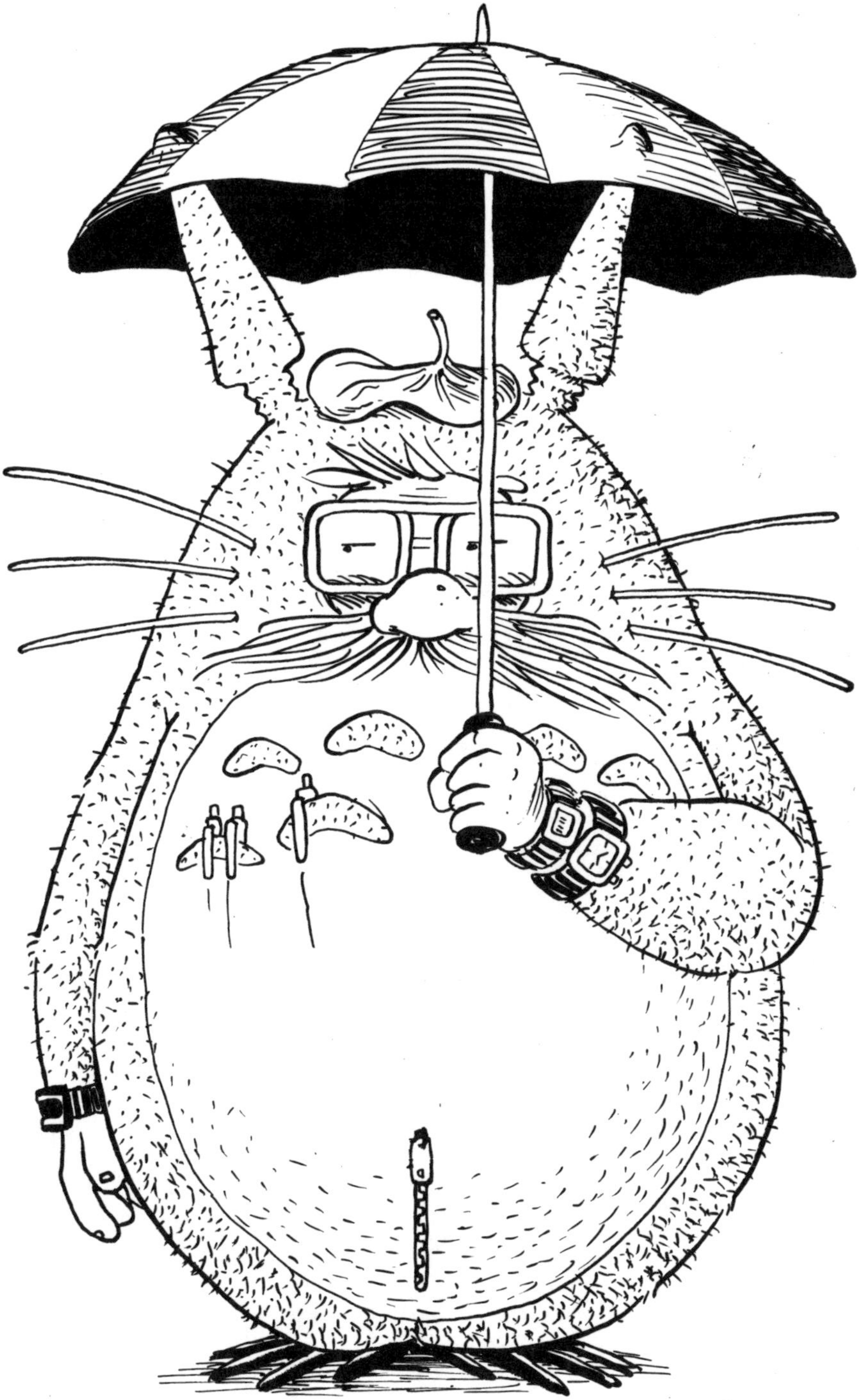

14.

Auf der Fahrt vom Flughafen in die Stadt schaute ich aus dem Fenster, und was ich sah, war wie ein Bilderrätsel. Alles sah irgendwie vertraut aus und gleichzeitig ganz anders.

Die Schrift auf den Leuchtreklamen und über den Geschäften war anders, die Häuser waren anders, die Busse erinnerten mich an Schuhkartons, und fast alle Leute hatten schwarze Haare.

In der Stadt führte uns das Wesen ins oberste Stockwerk eines Wolkenkratzers. Dort gab es ein kleines Zimmer mit einem Wandschrank, einer Kochnische und einer Matratze auf dem Fußboden. Die Wände waren voller Bilder von Häusern mit seltsam gebogenen Dächern und Männern mit Pferdeschwänzen und Schwertern. Auf einem waren auch nur Schwerter zu sehen. Und auf einem anderen ein Schwert und ein Zahnrad.

»Kangei – willkommen!«, sagte Onkel Remu, der endlich seine komischen Sachen ausgezogen hatte.
»Onkel, warum hast du dich denn verkleidet?«, fragte ich ihn.
»Ich wollte dir eine Freude machen«, sagte Onkel Remu. Aber er sah mich dabei nicht an. »Hat's dir gefallen?«
»Klar«, beruhigte ich ihn.
Totti schien es besser zu gefallen, dass der Onkel ihm eine Schüssel Reis mit Fisch hinstellte.

15.

Abends konnte ich dann nicht einschlafen. Die Matratze war hart, Onkel Remu schnarchte, und draußen blinkten alle möglichen Neonlichter. Außerdem hatte ich das Gefühl, dass mich die Männer auf den Bildern böse anschauten.

16.

Am Morgen war Onkel Remu wieder so, wie ich ihn von dem Urlaub kannte, den er mal bei uns verbracht hatte*: ein bisschen pingelig, aber nett. Und ganz bestimmt war er kein Tätärä.

»Totoro«, korrigierte er mich, als ich es ihm sagte. »So nennt man hier den König des Waldes, der die Kinder beschützt.«

»Und warum verkleidest du dich als … Dings?«

»Das hab ich dir doch erklärt. Ich wollte dir …«

»… eine Freude machen, ich weiß.«

»Genau.«

»Okay«, sagte ich. Wenn er's mir nicht verraten wollte, war das seine Sache.

17.

Dann sagte Onkel Remu, wir würden heute einen Ausflug machen.

»Und warum?«

»Weil es Spaß macht.«

»Verkleidest du dich dafür wieder als … Dings?«, fragte ich besorgt.

»Aber nein«, versprach Onkel Remu.

»Dann ist es okay«, sagte ich, und er holte zwei Bademäntel aus dem Schrank.

* Wie das war, kann man in »Pekkas geheime Aufzeichnungen – Der komische Vogel« nachlesen.

»Gehen wir japanisch schwimmen?«, fragte ich, und der Onkel gab mir einen Korb aus Stroh.

»Der ist fürs japanische Picknick, stimmt's?«, freute ich mich. Aber dann setzte sich Onkel Remu so einen Korb auf den Kopf und sagte, ich solle es ihm nachmachen. Außerdem solle ich kein dummen Fragen mehr stellen, das sei Zeitverschwendung. Unser Lehrer sagt immer, dass es keine dummen Fragen gibt, aber vielleicht war das in Japan ja anders. Als Totti auch einen Korbhut aufhatte, sagte der Onkel, wir seien fertig.

»Fürs Schwimmen mit Picknick?«, fragte ich.

»Nein, für ein Abenteuer«, sagte Onkel Remu. »Nimm bitte den Metalldetektor mit! Man kann nie wissen.«

Als ich nickte, rutschte mir der komische Hut über die Augen.

18.

Wir gingen zu Fuß zum Bahnhof, und schon da benahm sich Onkel Remu seltsam. Er schaute sich ständig um und blieb in irgendwelchen Hauseingängen stehen. Einmal zog er Totti und mich in eine kleine Gasse, und wir mussten warten, bis irgendjemand vorüber war. Niemand hatte so komische Kleider an wie wir.

Am Bahnhof stiegen wir dann in einen Zug, der aussah wie ein Raumschiff auf Schienen.

»Das ist der Shinkansen«, erklärte mir der Onkel. »Er fährt bis zu 270 Stundenkilometer schnell und hat im Durchschnitt nur 0,6 Minuten Verspätung. Das sind 36 Sekunden.«

Als wir einen Platz gefunden hatten, holte Onkel Remu seine Taschenuhr

heraus und stoppte die Zeiten zwischen den Stationen. Totti und ich hätten schon gern gewusst, was es mit unseren komischen Kleidern und seinem seltsamen Benehmen auf sich hatte, aber der Onkel war nicht sehr gesprächig.
»Atami – zwölf Sekunden Verspätung, Mishima – drei Sekunden zu früh, Shizuoka – pünktlich«, murmelte er und schrieb alles in sein kleines Notizbuch.
Totti und ich schauten lieber aus dem Fenster. Draußen raste die Landschaft vorbei: überall Reisfelder mit Häusern und kleinen Dörfern dazwischen, aber am meisten fielen uns die vielen Stromleitungen auf.

19.

In Nagoya stiegen wir um und nahmen einen normalen Zug nach Ise. Inzwischen wunderte ich mich nicht mehr, dass die Städte in Japan vollkommen anders hießen als bei uns. In Ise nahmen wir uns ein Zimmer in einem Hotel am Fluss.

»Ausgezeichnet«, freute sich der Onkel, als er sah, dass unser Fenster zur Straße hinausging.

»*Was* ist ausgezeichnet?«, fragte ich. Mir schwirrten die Fragen durch den Kopf wie ein Schwarm Wespen.

»Äh ... das Wetter. Das ist ein ausgezeichnetes Wetter«, sagte Onkel Remu.

»Glaubst du, ich bin ein bisschen doof?«, fragte ich als Nächstes.

»Möchtest du darauf eine ehrliche Antwort?«, fragte Onkel Remu zurück.

»Nein. – Erzähl mir lieber, warum wir Bademäntel tragen!«

»Das sind keine Bademäntel, sondern Kimonos. So was tragen hier in Japan alle: Männer, Frauen und sogar die Samurai«, erklärte mir Onkel Remu.

»Samu...?«

»...rai. Vielleicht hast schon mal von den berühmten japanischen Schwertkämpfern gehört – die nennt man Samurai.«

Ich sah mir den Onkel an und fand, er sah in seinem Mantel überhaupt nicht wie ein Schwertkämpfer aus. Eher wie ein See-Elefant, der sich in eine Badeanstalt verirrt hatte.

»Wenn so was *alle* Japaner tragen – wieso laufen dann nur wir damit herum?«, wollte ich wissen.

»Pssst ...«, machte der Onkel und schaltete den Fernseher ein.

Es kamen Nachrichten, aber ich verstand kein Wort. Ich sah nur eine japanische Tempelanlage mit überall Löchern im Boden. Genau wie zu Hause in der Fernsehsendung über Japan. Es war nur nicht dieselbe Tempelanlage. Ich überlegte, ob es in Japan vielleicht Riesenhunde gab, die nach Riesenknochen buddelten.

»Wann können wir reden?«, fragte ich Onkel Remu, der jetzt Bilder aus seinem Koffer holte und auf dem Fußboden ausbreitete. Es waren die, die ich schon aus dem Hotelzimmer in Tokio kannte.

»So, und jetzt hör zu ...«, sagte der Onkel und richtete sich ächzend auf.

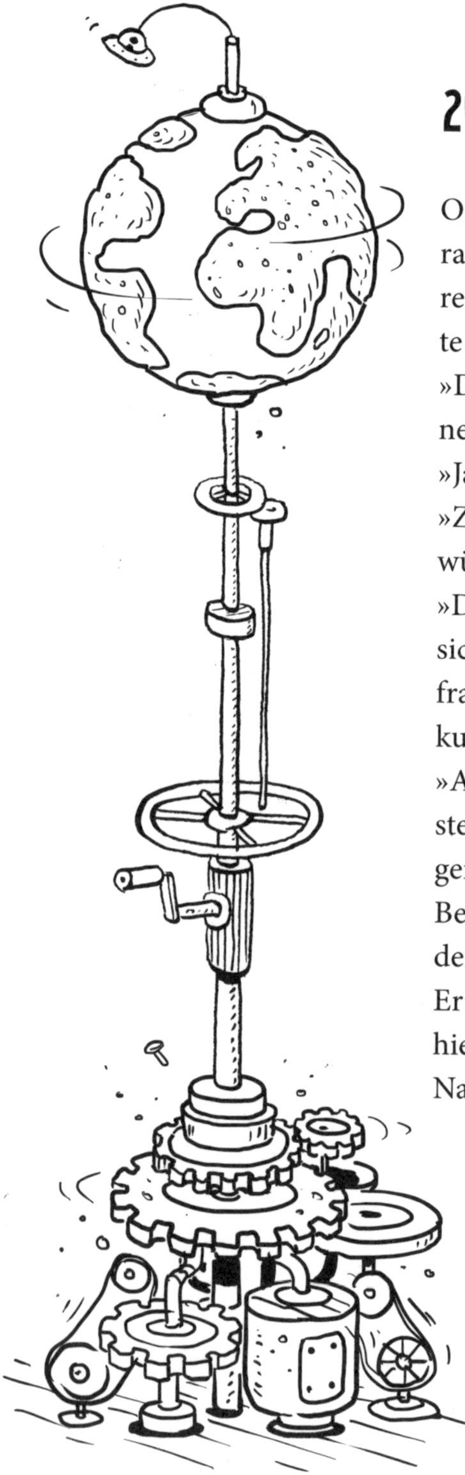

20.

Onkel Remu legte ein kaputtes Zahnrad auf den Tisch. Ein paar Zacken waren abgebrochen, und in der Mitte hatte es einen Riss.

»Du weißt doch, dass es mein Beruf ist, neue Zahnräder zu erfinden?«

»Ja.«

»Zahnräder sind wichtig. Ohne sie würde die Welt stehen bleiben.«

»Du meinst, ohne Zahnräder würde sich die Weltkugel nicht mehr drehen?«, fragte ich und versuchte, mir eine Weltkugeldrehmaschine vorzustellen.

»Alle Maschinen auf der Welt würden stehen bleiben«, erklärte Onkel Remu genauer, was er meinte. »Schau dir zum Beispiel meine Uhr an – ohne Zahnräder könnte sie keine Zeit anzeigen.«

Er zeigte mir seine Taschenuhr, und ich hielt ihm meine Armbanduhr unter die Nase.

»Die läuft mit Batterie«, sagte ich.

»Werd bloß nicht spitzfindig!«, schnaubte Onkel Remu. »Du weißt genau, was ich meine. Die ganze Weltgeschichte hängt von Zahnrädern ab.

Ohne sie hätte es weder die erste Spinnmaschine noch die ersten Autos gegeben.«

»Verstehe«, sagte ich.

»Auch das hier auf dem Tisch ist nicht irgendein Zahnrad. Es gehört in den Motor eines Superautos, und wenn ich es sehe, könnte ich heulen.«

»Verstehe«, sagte ich.

»Wirklich?«, wunderte sich Onkel Remu.

»Klar doch. Du könntest heulen, dass heutzutage immer noch Superautos gebaut werden, mit denen die Leute rasen wie verrückt und dazu noch die Umwelt verschmutzen.«

»Du verstehst überhaupt nichts, verflixt noch mal! Das Superauto, von dem ich spreche, ist das sparsamste und umweltfreundlichste Auto der Welt. Das baue ich nämlich gerade, und heulen könnte ich, weil das Zahnrad hier nicht hält. Es geht schon kaputt, wenn man nur den Motor startet.«

»Und wenn du ein besseres verwendest?«, fragte ich.

»Das ist es ja!«, rief Onkel Remu verzweifelt. »Ich hab's mit allen mir bekannten Metallen der Welt versucht, aber sie gehen alle gleich schnell kaputt. Ich habe den besten Motor der Welt erfunden, und die verflixten Zahnräder halten ihn alle nicht aus.«

»Und wenn du einen nicht ganz so guten Motor erfinden würdest?«, fragte ich.

Der Onkel seufzte und sah mich mit trauriger Miene an. Sogar seine Schnurrbartenden hingen traurig herunter und erinnerten mich an Fischstäbchen, wenn man sie in der Mikrowelle aufwärmt. Ich glaube, er hatte sogar feuchte Augen.

»Bist du wegen den Zahnrädern so traurig?«, fragte ich.

»Nein, weil es so anstrengend ist, Kindern was zu erklären«, seufzte Onkel Remu und wischte sich eine Träne ab. »Weißt du,

niemand will den zweit- oder drittbesten Motor der Welt kaufen. Es muss immer der beste sein. Und meiner *ist* der beste. Er ist absolut schadstofffrei und läuft mit Kacke. Genauer gesagt, mit dem Gas, das man aus Kacke gewinnen kann. Kacke gibt es überall auf der Welt, es kommt immer welche nach, und sie ist billig. Darum ist mein Auto auch für Menschen geeignet, die sich kein teures Benzin leisten können. Und stell dir vor, hinten aus dem Auspuff kommt fast nur Wasserdampf!«
»Genau umgekehrt wie bei uns Menschen, stimmt's?«, sagte ich.
»Genau!«, freute sich Onkel Remu.
Dann nahm er das Zahnrad und haute damit auf den Tisch. Dabei zerbrach es in zwei Stücke.

21.

»Kusanagi!«
»Gesundheit!«, sagte ich, weil ich dachte, der Onkel hätte geniest.
»Kusanagi heißt ein berühmtes japanischer Schwert. Der ganze Name ist Kusanagi no Tsurugi, das bedeutet Grasschneider-Schwert«, erklärte mir Onkel Remu.
Dann erzählte er mir die Geschichte des Schwerts, und die ging so, dass vor langer Zeit der Gott Susanoo mit Yamato no Orochi, der Schlange mit den acht Köpfen und acht Schwänzen, kämpfte. Er schnitt ihr erst alle Köpfe ab und hinterher auch alle Schwänze, und im vierten Schwanz fand er das sagenhafte Schwert. Später kämpfte der große Krieger Yamato Takeru damit gegen den Anführer einer Mörderbande, der ihn mit Feuer auf einer Wiese umzingeln wollte. Aber der große Krieger schnitt mit einem einzigen Schwung des Schwerts das brennen-

de Gras um sich herum ab. Dann drehte er mit der flachen Seite des Schwerts den Wind, und der Anführer der Mörderbande verbrutzelte selber.

»Wow! Und wo ist das tolle Schwert jetzt?«, fragte ich.

»Verschollen«, sagte Onkel Remu. »Es soll zum Schatz des japanischen Kaisers gehören, aber seit Urzeiten hat es niemand mehr zu Gesicht bekommen. – Vielleicht ist es auch ganz woanders.«

»Und genau das Schwert suchen wir jetzt?«, vermutete ich.

»Richtig«, gab Onkel Remu zu.

Ich betrachtete die zwei Hälften des Zahnrads auf dem Tisch, und Onkel Remu raschelte mit seinen Bildern.

»Äh … noch eine klitzekleine Frage«, sagte ich nach einer Weile.

»Ja?«

»Was haben das Grasschneider-Schwert, die achtköpfige Schlange, der große Krieger und das alles mit dem Kackemotor zu tun?«

»Ganz einfach: Das Schwert ist aus Metall, und wenn es nur einen Teil der Dinge kann, von denen die alten Legenden berichten, dann muss es sich um ein Wundermetall handeln. Oder jedenfalls um das beste Metall der Welt. Und wenn es das ist – was könnte man dann daraus machen?«

»Das beste Zahnrad der Welt?«

Ich hatte verstanden, und Onkel Remu lächelte. Er wollte dann noch den Metalldetektor sehen, und ich packte ihn aus. Totti

wedelte schon mit dem Schwanz, aber ich schüttelte den Kopf. Diesmal würde ich keinen Feuerlöscher brauchen.

»Und du kannst damit umgehen?«, wollte Onkel Remu wissen.

»Klar«, sagte ich.

Onkel Remu legte den Finger auf den Startknopf, und ich war gespannt, was passierte, wenn er ihn drückte. Oder was *nicht* passierte. Aber er gab mir das Gerät zurück und nickte nur ernst. Ich seufzte erleichtert. Das Abenteuer war noch nicht zu Ende.

»Bald darfst du damit loslegen«, sagte Onkel Remu. »Vorher müssen wir nur noch was erledigen.«

22.

Wir gingen in unseren Kimonos und mit unseren Hüten los. Das heißt, Totti trug nur sein Halsband. Er hatte seinen Hut in lauter kleine Stücke zerbissen. Das hätte ich mit meinem auch gern gemacht.

Schmale Gassen führten uns immer tiefer ins Labyrinth der Stadt. Männer standen in den Türen und sahen uns finster an. Es roch nach Abenteuer.

»Onkel Remu, wo gehen wir eigentlich hin?«

»Wir treffen uns mit einem Meister.«

»Du meinst, mit einem Fußballer oder Eishockey-Spieler?«

»Japan ist mehr für seine Kampfsportarten berühmt«, erklärte mir der Onkel. »Und für die klugen alten Meister, die sie lehren. Zu so einem gehen wir.«

»Du kennst einen richtig großen Kampfsportmeister?«

»Nicht direkt. Ich hab ihn gegoogelt«, gab Onkel Remu zu.

Trotzdem sah ich alles schon genau vor mir, und es war wie im Fernsehen: Der runzelige alte Meister saß mit verknoteten Beinen auf einer Reismatte und brachte uns Kung-Fu, Karate und Jiu-Jitsu bei – oder wer weiß, vielleicht auch was, was noch schwieriger auszusprechen war. Wir würden den Weisheiten des überraschend kleinen Männchens lauschen und ein paar spitzenmäßige Kampftechniken einstudieren. Den Kranichtritt und den Storchenhieb oder so. Die wären zwar unglaublich schwierig zu lernen, aber hinterher würden wir damit die schlimmsten Schurken besiegen.

23.

Der Meister sah dann ein bisschen anders aus, als ich ihn mir vorgestellt hatte. Er war überhaupt nicht klein und runzelig. Im Gegenteil: Er war ein Riese. Und er war auch nicht alt. Er brauchte sogar noch eine Windel. Oder jedenfalls sah das einzige Kleidungsstück, das er trug, wie eine Windel aus. Wie ein großer Kämpfer kam er mir eigentlich nicht vor. Dazu lächelte er viel zu nett. Aber er war erstaunlich flink auf den Beinen, das merkte ich, als er aufsprang und uns mit einer Verbeugung begrüßte.

»Bei *dem* hast du uns angemeldet?«, fragte ich Onkel Remu.

»Er war der billigste«, flüsterte er.

Heute weiß ich, dass wir bei einem Sumo-Meister gelandet waren. Sumo-Kämpfer sind japanische Ringer, die auf einer runden Matte kämpfen, und wer den anderen umschmeißt oder von der

Matte runterschubst, hat gewonnen. Onkel Remu schien es nichts auszumachen, dass der Sumo-Meister so riesig war, aber mir war ein bisschen mulmig. Wir mussten uns dem Meister gegenüberstellen, und er verbeugte sich wieder wie bei der Begrüßung. Also verbeugten wir uns auch.

Als Erster war Onkel Remu mit dem Unterricht dran. Er betrat die Matte, und der Meister stellte sich breitbeinig und mit weit nach der Seite ausgestreckten Armen vor ihn hin. Onkel Remu machte ihm alles nach.

»Sieh genau zu, damit du was lernst!«, sagte er zu mir.

Der Meister zog den dicken Bauch ein, und Onkel Remu versuchte es ihm nachzumachen, aber er schaffte es längst nicht so gut. Dann streckte der Meister den dicken Bauch blitzschnell wieder heraus, und Onkel Remu, der nicht weit genug von ihm weg stand, flog von der Matte.

»Lebst du noch?«, fragte ich besorgt.

»Das war ein Hinterhalt. Hast du die anderen neun Sumo-Ringer gesehen?«, fragte der Onkel leicht benommen.

Dann war ich an der Reihe. Ich betrat die Matte und stellte mich dem Meister gegenüber. Er nahm die Kampfstellung ein und ich auch. Dann zog er den dicken Bauch ein, und genau da schoss ich zwischen seinen Beinen durch und zog an einem kleinen Zipfel Stoff, von dem ich annahm, dass es der Anfang oder das Ende seiner Windel war. Der Meister versuchte sich nach mir umzu-

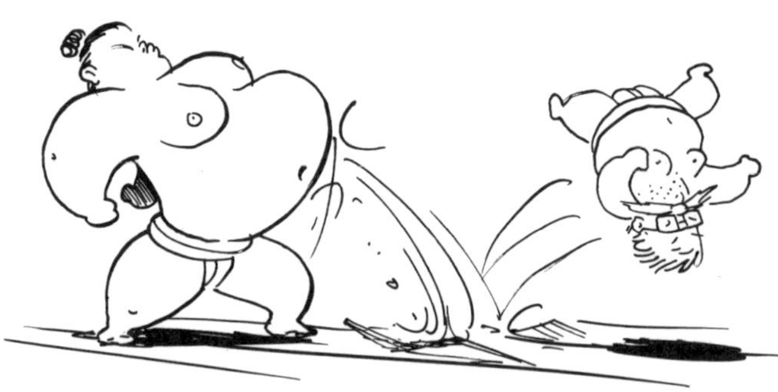

drehen, aber da rutschte ihm die Windel auf die Knöchel, und ich dachte schon, jetzt stolpert er auf mich drauf und drückte mich platt. Aber er schaffte es gerade noch, die Windel wieder hochzuziehen, und ich schaffte es gerade noch, beiseitezuspringen, bevor der Riesenkoloss auf den Rücken klatschte. Ich stellte ihm den Fuß auf den Bauch und trommelte mir mit den Fäusten auf die Brust. Dann kam Totti und leckte dem Meister das Gesicht.

»Pekkas astreiner Windeltrick!«, rief ich stolz.

»Wohl eher astreiner Dusel!«, grummelte Onkel Remu.

Danach bedankten wir uns bei dem Meister, und weil ich vom Ringen Durst bekommen hatte, ging ich zur Toilette. Dort gab es außer normalen Wasserhähnen auch Trinkbrunnen. Sie waren ein bisschen niedrig und hatten viele Knöpfe. Dafür sprudelte das Wasser mit blauem Licht und leiser Musik.

»Findest du Toilettenschüsseln mit Beleuchtung und Musik nicht auch ein bisschen übertrieben?«, fragte Onkel Remu, als ich zurückkam.

»Könnte ich bitte eine Limo haben?«, fragte ich. »Ich hab so einen komischen Geschmack im Mund.«

»Warst du nicht gerade was trinken?«, wunderte sich der Onkel.

24.

Totti bemerkte den Verfolger zuerst. Er blieb stehen und knurrte und wollte nicht mehr von der Stelle. Ich versuchte, ihn mitzuzerren, aber er starrte nur mit angelegten Ohren dahin zurück, wo wir hergekommen waren. Als ich seinem Blick folgte, sah ich einen Mann in einem langen schwarzen Mantel und mit einem tief ins Gesicht gezogenen Hut. Gerade huschte er in einen Hauseingang.

»Oh nein!«, stöhnte Onkel Remu. Er hatte den Mann wohl auch gesehen.

»Und jetzt?«, fragte ich. Ich hatte immer noch den komischen Geschmack im Mund, obwohl ich zwei Flaschen kalten Grüntee getrunken hatte. Mein Bauch war so prall, dass ich mir wie eine kleine Ausgabe des Onkels vorkam.

»Er ist also doch hier«, flüsterte Onkel Remu und zog mich mitsamt Totti in ein Geschäft voller goldener Katzenstatuen. Sie

winkten uns alle mit der Vorderpfote zu, und Totti fing wieder an zu knurren.

»Wer ist der Mann?«, fragte ich.

»Jemand, der auch hinter dem Kusanagi her ist«, sagte Onkel Remu mit finsterer Miene. Dann spähte er zwischen den Winkekatzen im Schaufenster hindurch ins Freie.

»Ich hatte schon ein paar vielversprechende Stellen ausgemacht, wo das Schwert versteckt sein könnte, alle in irgendwelchen alten Tempelanlagen – aber er war immer vor mir da.«

»Die Löcher aus den Nachrichten, stimmt's?«

»Ja.«

»Und darum auch das Tätärä-Kostüm und die Kimonos.«

»Ja. Ich wollte ihn abschütteln, aber er …«

Genau da erschien die dunkle Gestalt des Fremden vor dem Schaufenster.
Ich konnte nur noch einen stechenden Blick erhaschen, bevor der Onkel mich auf den Boden drückte und sich mit solcher Wucht neben mich schmiss, dass der Boden bebte und eine Katze vom Regal fiel. Zum Glück fing Totti sie mit den Zähnen auf. Wir hielten den Atem an, und Totti wedelte nicht mal mit dem Schwanz. Es fühlte sich an, als wäre die Luft in dem Katzengeschäft mit einem Mal kälter.
Wir standen erst wieder auf, als die alte Inhaberin des Winkekatzenladens kam und fragte, was uns fehle.
Dann sah sie die Katze in Tottis Maul und sagte: »Eine vorzügliche Wahl, diese Figur bringt besonders viel Glück!« Es war gut, dass sie es auf Englisch sagte. So konnte es mir Onkel Remu übersetzen. Dann streichelte die alte Frau Totti, der mit dem Schwanz wedelte, als wollte er ihn als Propeller benutzen und fliegen.
Der Onkel klopfte sich den Kimono sauber und kaufte die Figur, die immer noch zwischen Tottis Zähnen steckte. Ich warf einen Blick nach draußen. Die Sonne schien wie zuvor, und die dunkle Gestalt war verschwunden.

25.

»Man erzählt sich viele Geschichten darüber, was aus dem Grasschneider-Schwert geworden ist«, sagte Onkel Remu. »Die vom Kaiser, der es besitzen soll, kennst du ja schon. Aber es soll auch im Tempel von Atsuta versteckt sein, und manche meinen, es liege irgendwo auf dem Meeresgrund. Ich bin jeder einzelnen Geschichte nachgegangen, aber sie haben sich alle als falsch herausgestellt.«

»Und wenn der Mann, der dich verfolgt, das Schwert gefunden hat?«, fragte ich.

»Warum sollte er mich dann noch verfolgen?«

»Weißt du, wer er ist?«

»Nein, keine Ahnung.«

Ich hatte nur kurz den stechenden Blick des Mannes gesehen, aber irgendwie war er mir bekannt vorgekommen. Und plötzlich wusste ich, warum: Er hatte mich an den Piratenkapitän Jack Sparrow aus dem Film »Fluch der Karibik« erinnert.

Nach dem Unterricht beim Sumo-Meister und dem Abenteuer im Winkekatzenladen saßen wir wieder auf unserem Hotelzimmer, und Onkel Remu blätterte in seinen Bildern.

»Hier in Ise gibt es einen heiligen Ort«, sagte er und drückte seinen dicken Zeigefinger auf einen kleinen Stadtplan, der auch bei den Bildern dabei war. Dann kramte er einen zerknitterten Bogen Papier hervor. »Und das hier ist ein uralter Brief, in dem ein Mönch davon erzählt, wie er einmal ein außergewöhnliches Schwert am Strand gefunden hat. Es stammte von einem versunkenen Schiff und war mit anderem Strandgut angeschwemmt worden.«

»Aber dann müsste es ja geschwommen sein«, wunderte ich mich.

»Das Kusanagi ist nicht nur aus dem besten und haltbarsten Metall der Welt, sondern auch aus dem leichtesten«, erklärte mir Onkel Remu.

»Okay. Und was, wenn es hier in Ise auch nicht ist?«, fragte ich.

»Dann … war's das wohl. Es ist die letzte Spur, und sie endet genau hier«, sagte Onkel Remu und faltete den uralten Brief zusammen. Dann schaute er nervös auf seine Uhr. »Wir müssen es schon heute Nacht versuchen«, murmelte er.

»Äh, Onkel Remu … wenn du das Schwert schon an so vielen Orten gesucht hast, warum hast du denn ausgerechnet diesmal Totti und mich mitgenommen?«

Die Frage ging mir schon eine ganze Weile durch den Kopf, und jetzt stellte ich sie endlich. Der Onkel seufzte und kraulte Totti hinterm Ohr.

»Tut mir leid, dass ich euch in die Sache mit hineingezogen habe, aber mir ist keine andere Lösung eingefallen. Der Tempel hier in Ise ist ein gut bewachter heiliger Ort mit einer hohen Mauer …«

Der Onkel zögerte.

»… über die Totti und ich besser drüberkommen als du, verstehe«, half ich ihm aus der Klemme.

»Das trifft den Nagel auf den Kopf«, sagte er.

»So greift ein Rädchen ins andere«, sagte ich.

Dann drückten wir unsere Bäuche nach Art der Sumo-Ringer gegeneinander. Das heißt, wir versuchten es. Onkel Remus Bauch war nur so groß und so weit oben, dass er mich an der Stirn traf und ich auf den Rücken purzelte.

26.

Diesmal zogen wir normale Kleider an. Totti setzte ich seinen kleinen Rucksack mit einem saftigen Knochen auf, und mein Handy steckte ich für alle Fälle auch mit hinein.

Die japanische Nacht war genau wie die finnische, außer dass die im Sommer nicht so dunkel gewesen wäre. Onkel Remu schien genau zu wissen, wo wir hinmussten. Wir umkreisten ein paarmal die ganze Tempelanlage, bis er eine bestimmte Stelle gefunden hatte. Dann holten wir den Metalldetektor und Tottis Rucksack, die wir anfangs unter einer Hecke versteckt hatten. Der Metalldetektor fühlte sich schwerer an als sonst, aber das kam wohl von meinen schweren Sorgen, dass er vielleicht kaputt war. Ich traute mich einfach nicht, Onkel Remu davon zu erzählen. Schließlich war es ein Geschenk von ihm. Außerdem würden Totti und ich das Schwert auch so finden. Schatzsucher müssen klug sein und gut im Schnüffeln und Buddeln.

Das alles waren wir.

27.

An der Stelle, die Onkel Remu ausgesucht hatte, führte die Mauer der Tempelanlage ein Stück den Fluss entlang. Dort wuchsen schlanke Bäume, die wahnsinnig hoch und bis zur Spitze fast ohne Zweige und Blätter waren.

»Elastischer Bambus, entworfen vom Ingenieurbüro der Natur«, sagte der Onkel. »Hätte ich selbst nicht viel besser machen können.«

Er bog einen der Bäume bis zum Boden, und er brach nicht ab. Als der Onkel ihn wieder losließ, schnellte er nach oben wie eine Peitsche.

»Toll«, sagte ich. »Und wie kommen wir über die Mauer?«

»Das hab ich dir doch gerade gezeigt«, wunderte sich Onkel Remu über meine Frage.

Ich schaute an den Bambusbäumen hoch, die weit über die Mauerkrone hinausragten. Dann schaute ich Onkel Remu an, und er nickte lächelnd.

»Du meinst, du wirst uns mit so einem elastischen Baum auf die andere Seite katapultieren?«, fragte ich vorsichtig nach.

»Es sind elastische *Halme*«, belehrte mich der Onkel. »Der Bambus zählt nicht zu den Bäumen, sondern zu den Gräsern. Und *katapultieren* ist vielleicht auch ein bisschen übertrieben.«

»Okay. Hört sich lustig an.«

»Ist es wahrscheinlich auch. Doch, bestimmt …«, murmelte Onkel Remu und bog denselben Baum noch mal herunter. Oder meinetwegen denselben Halm. Und diesmal durfte ich mich oben auf die Spitze setzen.

»Gut festhalten!«, sagte der Onkel, während er selbst einen Fuß auf den gebogenen Baum stellte. Oder meinetwegen den gebogenen Halm.

Ich selbst berührte nur noch mit den Zehenspitzen den Boden. Es fühlte sich an, als würde ich auf einem riesigen Flitzebogen sitzen, und genau genommen war es ja auch so.
»Moment noch!«, sagte Onkel Remu und fasste in eine der Riesentaschen seiner Hose. Er holte eine Schnur heraus und band mir damit den Metalldetektor ans Fußgelenk. Dann fasste er in die zweite Hosentasche, holte eine zweite Schnur heraus, zog sie durch meinen Gürtel und band sie am Bambus fest.
»Der Sicherheitsgurt«, erklärte er mir.
»Okay«, sagte ich, und er setzte mir Totti in den Schoß und schob die zwei Schnurenden zwischen meine Hände und den Baumstamm. Totti hatten wir inzwischen wieder seinen Rucksack aufgesetzt.
»Wenn ihr drüben seid, lässt du los und ziehst an den Schnüren, dann gehen die Knoten auf. – Du weißt noch, wo du suchen musst?«
Ich nickte. Onkel Remu hatte mir die Stelle auf dem kleinen Stadtplan gezeigt. Angeblich hatte der Mönch das Schwert genau da vergraben.
»Dann Hals- und Beinbruch! Und mach dir keine Sorgen, ich hab alles genau berechnet. Auf einen finnischen Ingenieur ist Verlass.«
Onkel Remu nahm den Fuß vom Bambus, und meine Füße lösten sich vom Boden. Aber wir schnellten nicht nach oben, sondern schwebten sachte wie in einem lautlosen Aufzug in die Höhe. Wie es aussah, hatte sich Onkel Remu wirklich nicht verrechnet. Wir wurden nur allmählich schneller. Ohne den Bambus oder die Schnurenden loszulassen, nahm ich Totti fest in die Arme, und er leckte mir dankbar das Gesicht.
Bald sah ich die Mauerkrone tief unter mir, und wir schwebten

immer noch weiter. Wir schwebten auf einer Seite der Mauer hinauf und auf der anderen Seite wieder hinunter. Auf dem Weg abwärts hingen wir mit dem Kopf nach unten, aber ich war ja angeschnallt, und Totti hielt ich fest in den Armen. Als wir uns dem Boden näherten, verlangsamte sich unsere Fahrt, und kurz vor der Landung ließ ich Totti los. Er sprang, und ich zog am ersten Schnurende. Der Metalldetektor landete aus nicht mal einem halben Meter Höhe weich auf dem Boden. Dann zog ich am zweiten Schnurende, um mich selbst loszubinden. Aber der Knoten ging nicht auf, und ich war plötzlich wieder auf dem Rückweg.

So konnte das nicht geplant gewesen sein. Vielleicht hatte sich Onkel Remu doch verrechnet und nicht bedacht, dass ich ohne Hund und Metalldetektor so leicht war, dass mich der Bambus wieder auf die andere Seite der Mauer beförderte.

»Hallo, Onkel Remu!«, rief ich, als ich auf ihn zuschwebte.
»Und tschüs!«, rief ich, als ich knapp über ihm wieder nach oben schwang.
»War das so geplant?«, rief ich, als ich das zweite Mal zurückkam.
»Wie hält man Bambus eigentlich an?«, rief ich, als ich wieder nach oben schwang.
Ich bewegte mich über der Mauer hin und her wie der Zeiger von dem Meteoronom oder wie das Ding zu Hause auf unserem Klavier heißt.

»Mach deinen Gürtel auf!«, rief der Onkel, als ich wieder mal auf seiner Seite war.

»Jetzt gleich?«, wunderte ich mich.

»Nein, drüben auf der anderen Seite!«, rief der Onkel, als ich genau über der Mauer war.

Als ich mich diesmal dem Boden näherte, machte ich Totti ein Zeichen, und er schnappte mit den Zähnen nach meinem Hemd. Er hielt mich fest, bis ich den Gürtel geöffnet hatte. Ich purzelte neben Totti auf den Rücken und sah den Bambus mitsamt meiner Hose zum Nachthimmel emporschnellen. Der Bambus wackelte noch eine Weile hin und her, und als er stillstand, flatterte meine Hose im Wind wie eine Piratenflagge.

»Siehst du, es ist alles gut gegangen!«, freute ich mich, während Totti mir das Gesicht ableckte.

28.

Das mit der Hose war nicht schlimm. Die Nacht war so warm, dass ich auch in meiner Unterhose nicht fror. Viel mehr Sorgen machte mir der Metalldetektor. Als ich ihn zur Probe kurz einschalten wollte, blinkte ein Lämpchen auf, aber das Display blieb dunkel. Außerdem stieg mir ein brenzliger Geruch in die Nase. Totti schnupperte und hob das Bein, aber ich schüttelte den Kopf: Kein Feuerlöscher nötig!

»Komm, Totti!«, sagte ich. »Das Schwert finden wir zwei Spürnasen auch so.«

Mit diesen Worten ging ich los und knallte gegen die Mauer, über die wir gekommen waren.

»War nur zur Kontrolle, ob's auch wirklich in die andere Richtung geht«, erklärte ich Totti, der ruhig sitzen geblieben war. Dann machten wir uns zusammen auf den Weg.

29.

Die Tempelgebäude sahen im Dunkeln ganz schön unheimlich aus. Die vorstehenden Balken der Dächer hätten auch die Arme von Monstern sein können, und ich wünschte mir, Onkel Remu wäre bei uns gewesen. Gut, dass ich mich auf den Weg konzentrieren musste: erst über eine hölzerne Brücke, dann zu einem Brunnen und gleich dahinter einen schmalen Pfad zwischen hohen spitzen Bäumen entlang. Da ging es zum Tempel, und ganz in dessen Nähe sollte die Stelle sein, wo vielleicht das sagenhafte Schwert vergraben war.

»Beim Tempel schaltest du den Detektor ein!«, hatte der Onkel mir aufgetragen. »Aber Vorsicht, das Gerät ist empfindlich! Du musst es *richtig* benutzen, wenn du das Schwert finden willst.«

Wenigstens fand ich erst mal die Brücke. Dahinter schimmerte unter einem kleinen Dach ein Wasserbecken, und noch dahinter kam der Pfad.

Die hohen spitzen Bäume sahen fast so aus wie zu Hause die Tannen. Der große Tempel stand auf einem Hügel, und die Treppe, die nach oben führte, war steil. Totti sprang locker hinauf, aber ich musste ja den Metalldetektor schleppen. Besser, ich hätte das kaputte Ding zurückgelassen!

Der Tempel war dann doch kleiner, als er von unten ausgesehen hatte. Dafür war die Rasenfläche um ihn herum ganz schön groß. Da ein verbuddeltes Schwert aufzuspüren konnte dauern, und ich fragte mich, warum der Mönch keine Schatzkarte mit einem Kreuzchen gezeichnet hatte. Ich an seiner Stelle hätte das gemacht.

Ich legte gerade den Metalldetektor auf den Boden, da hörte ich plötzlich ein Geräusch. Oder nein, Geräusche:

TOCK TOCK TOCK TOCK

Totti knurrte und war erst still, als ich ihn streichelte. Seine Nackenhaare fühlten sich an wie ein kratziger Fußabstreifer.

TOCK TOCK

Das Geräusch kam von der Treppe. Und es kam näher. Wir kauerten uns in den Schatten des Tempels. Ein besseres Versteck war auf die Schnelle nicht zu finden.

Das Geräusch klang seltsam vertraut. Mir war, als hätte ich es schon mal gehört. Aber wo nur? Aus irgendeinem Grund musste ich wieder an den Piratenfilm denken. Oder überhaupt an Piraten. Wenn von denen einer kam und es tock, tock machte … Das war's! Auf einmal sah ich alles wieder vor mir. Ich roch sogar das Meer! Ich war wieder in Norwegen beim Angeln, und da war ein Seeungeheuer. Aber da war auch die schreckliche Kapitänin Hahab, die das arme Seeungeheuer verfolgte. *Die* hatte ein künstliches Bein! Tock, tock, tock. Tock, tock.
Dann war das Geräusch nicht mehr zu hören. Dafür sah ich einen schwarzen Schatten. Mit einem Piratenhut, genau wie ihn die Kapitänin getragen hatte. Und ich hörte die heisere Stimme, die ich so gut kannte.

Obwohl ich ihr Gesicht nicht sah, war ich mir hundertprozent sicher, dass die schreckliche Kapitänin Hahab vor uns stand.

30.

»Du?! Von allen Mistkäfern der Welt finde ich ausgerechnet dich hier?!«, sagte die Kapitänin, und ihre Stimme klang wie Sandpapier auf Glas. Wie das klingt, weiß ich, weil ich es selbst mal ausprobiert habe. Mein Vater hat's mir nur gleich wieder verboten, weil seine Brille danach undurchsichtig war.

Ich hörte die heisere Stimme, dann hörte ich Totti knurren, und bevor ich ihn beruhigen konnte, hatte er sich in ein Bein der Kapitänin verbissen. Sie bemerkte es aber gar nicht, weil er das künstliche erwischt hatte, das angeblich aus einem Schnurrbarthaar des norwegischen Seeungeheuers gemacht war. Ich hatte gehofft, das Seeungeheuer hätte sie aufgefressen, aber die Königin der Piraten, der Schrecken der Meere und aller Kinder, die ihr jemals begegnet waren, stand leibhaftig vor mir. Wahrscheinlich war sie selbst für ein Seeungeheuer ein zu zäher Brocken.

»Was machst du hier?«, fragte sie mich. Als sie sich zu mir herunterbeugte, roch ich ihren Atem. Er stank nach altem Heringsfass.

»Ich ... hab mich verlaufen. Wir haben die Tempelanlage besichtigt und sind irgendwie vom Weg abgekommen. Seitdem warten wir auf jemanden, der uns hilft«, flunkerte ich.

Da streckte die Kapitänin die Hand aus, und ich sah, dass es keine normale Hand war. So sahen Roboterhände aus. War der Kampf mit dem Seeungeheuer doch nicht so gut ausgegangen? Die Roboterhand bewegte sich leise surrend an mir vorbei und griff nach dem Metalldetektor auf dem Boden.

»Soso, der kleine Mistkäfer hat sich verlaufen – mit einem Metalldetektor«, hörte ich die Kapitänin murmeln. Von da an rechnete ich mit allem, nur nicht damit, dass sie lachte.

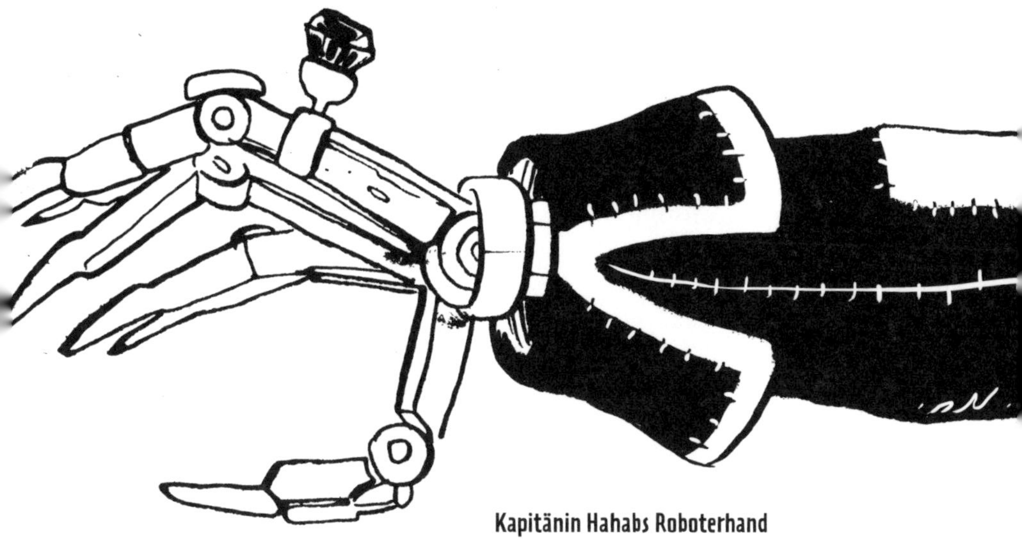

Kapitänin Hahabs Roboterhand

»Ihr ahnungslosen Trottel!«, rief sie und lachte ihr gruseliges hohles Lachen. »Glaubt ihr wirklich, ihr könnt das Kusanagi mit dem Metalldetektor finden? Jedes Kind weiß doch, dass der nur Metalle findet, die er kennt!«

Dann wurde sie plötzlich wieder ernst. Sie untersuchte das Gerät und warf mir misstrauische Blicke zu.

»Oder … habt ihr ihn etwa neu programmiert? Erkennt er auch unbekanntes Metall?«

Die Kapitänin hielt mit der Roboterhand das Gerät und drückte mit der anderen den Startknopf. Ich sah kurz ein Lämpchen blinken, dann roch es auch schon nach Rauch.

»Was hab ich gesagt: ahnungslose Trottel! Das Ding funktioniert ja nicht mal!«, schimpfte die Kapitänin und stieß wütend das Ende mit der Suchsonde auf den Boden.

In dem Moment muss auch Totti den Rauch gerochen haben. Jedenfalls ließ er das Bein der Kapitänin los und schoss einen Löschstrahl auf den qualmenden Metalldetektor ab. Es gab erst ein Knistern, dann qualmte es noch mehr, und dazu kroch ein kleines blaues Flämmchen am Stiel des Geräts hinauf …

»Uaaahhh!«, schrie die Kapitänin, die auf einmal bläulich glühte. Den Rest konnten Totti und ich nicht mehr hören. Wir düsten ab, bevor die schreckliche Hahab sich von dem Stromschlag erholte.

31.

»Wo sollen wir hin? Wir müssen uns verstecken!«, keuchte ich. Totti und ich waren über die große Rasenfläche in ein Wäldchen gerannt und drückten uns an die Wand eines kleinen Holzhauses, das dort unter hohen alten Bäumen stand. Aber Totti antwortete nicht. Stattdessen wühlte er die Erde am Fuß des Häuschens auf. Vielleicht wollte er den Knochen aus seinem Rucksack verbuddeln, falls die Kapitänin uns erwischte. Ich schaute zum Tempel, aber dort war alles still. Trotzdem konnten die Kapitänin und ihre Bande ja irgendwo herumschleichen. Bei dem Gedanken lief es mir eiskalt über den Rücken und die Beine …

»Totti, was machst du da?«, zischte ich, als ich merkte, dass das Kalte an meinen Beinen seine Schnauze war, mit der er mich andauernd stupste.

Dann hörte ich, dass er mit seiner einen Vorderpfote an etwas Hartem kratzte. Ich ging in die Knie und untersuchte die Stelle, an der Totti gegraben hatte. Im Dunkeln war es schwer zu erkennen, aber er hatte anscheinend eine Luke entdeckt. Da war ein hölzerner Deckel mit einem kleinen Griff. Als ich den Deckel vorsichtig anhob, knarrte er leise. In der Dunkelheit hörte es sich allerdings wie das Tröten eines Elefanten oder das Brummen eines Wals an. Ich lauschte, aber es blieb alles still. Ich zog noch einmal an dem Griff, und die Luke war offen. Totti wedelte begeistert mit dem Schwanz.

Zur Belohnung holte ich ihm seinen Knochen aus dem Rucksack. Den hatte sich die Spürnase verdient.

32.

Von der Luke führte eine schmale Treppe in die Tiefe. Dort unten war es dunkel, aber das machte uns nichts aus. In Tottis Rucksack war ja auch mein Handy. Mit dem leuchtete ich uns, und als wir am Fuß der Treppe ankamen, standen wir in einer niedrigen Kammer. Erst dachten wir, sie wäre leer, dann sahen wir an der Stirnseite drei Podeste: ein größeres in der Mitte und zwei kleine links und rechts davon. Aber nur auf den kleinen lagen Gegenstände: auf einem ein grünlich schimmernder Stein und auf dem anderen was kleines Rundes, das matt glänzte. Trotzdem war das Podest in der Mitte das spannendste. Es hatte nämlich eine Vertiefung in der Mitte, und die war ganz klar für ein Schwert. Es war nur leider nicht mehr da. Schade, dachte ich und machte wenigstens ein Foto von dem Podest.

»Gut gemacht, Spürnase!«, sagte ich zu Totti. »Bloß dumm, dass uns jemand zuvorgekommen ist! Jetzt wird es den Kackemotor wahrscheinlich nie geben. – Und jetzt los, wir müssen zurück zum Onkel!«

33.

Die letzte Stufe der Treppe war ein bisschen hoch, und ich wollte Totti helfen. Ich hob ihn ins Freie, aber statt sich zu bedanken, knurrte er mich an.

»Quatschtüte, ich wollte dir doch nur einen Gefallen tun!«, sagte ich und kletterte hinter ihm her. Zum Glück wuchs neben der Luke ein Bäumchen, an dem ich mich festhalten konnte. Als ich aus der Luke heraus war, knurrte Totti immer noch.

»Was ist denn mit dir …?« So weit war ich, als mir aufging, dass Totti nicht mich anknurrte, sondern das Bäumchen. Das fühlte sich auch seltsam kalt an. Künstlich irgendwie … Über mir stand Kapitänin Hahab, der Schrecken der Meere, die Fürstin aller Kaperschiffe und jetzt wohl unser Verderben. Nach dem Stromschlag hatte sie kein bisschen bessere Laune als zuvor.

»Du Mistkäfer, du Pups von einem Pillendreher, du Wicht von einer Wanze!«, zählte sie auf.

»Sie kennen sich aber gut mit Insekten aus«, sagte ich.

»Nimm dich in Acht, du Floh! Du steckst ganz schön in der Klemme«, krächzte die Kapitänin heiser.

»Glaub ich nicht«, sagte ich. »Mein Onkel ist nämlich ein berühmter Ninja-Meister. Er muss jeden Moment mit seinen Kämpfern kommen, und ein paar Samurai und einen Tätärä hat er noch zusätzlich dabei. An Ihrer Stelle würde ich so schnell abhauen, wie es mit Ihrem Seeungeheuerbarthaarbein geht.«

Ich versuchte, mit fester Stimme zu sprechen, und Totti knurrte dazu.

»Dein Onkel? Sprichst du von diesem Sohn eines See-Elefanten und einer Portion Sülze?«

Die Kapitänin schnipste mit den Fingern, und aus dem Schatten der Bäume traten gleich mehrere finstere Gestalten, die Onkel Remu vor sich her schubsten.

»Tut mir leid, Pekka«, sagte der komplett verschnürte Onkel. »Sie haben mich gefangen genommen und ein Loch in die Mauer gesprengt.«

»Uns Piraten ist nichts zu viel«, sagte die Kapitänin stolz.

»Banausen!«, schnaubte Onkel Remu. »An heiligen Orten Löcher graben und in Mauern sprengen – das tut man nicht!« Anscheinend hatte er ganz vergessen, dass er selbst ein heiliges Schwert suchte, um ein Zahnrad für seinen Kackemotor daraus

zu machen. Aber die Kapitänin interessierte sich sowieso nicht für sein Geschimpfe.
»Raus mit der Sprache, Mistkäfer – was hast du da unten gefunden?«, fragte sie mich.
»Nichts.«
Die Kapitänin sah mich durchdringend an, dann nickte sie.
»Wie ich's mir dachte. In der Unterhose kann man schließlich kein Schwert verstecken.«
Trotzdem schickte sie einen ihrer Piraten die Treppe hinunter. Aber der kam nur mit Tottis Knochen zurück. Den hatte ich noch in Tottis Rucksack packen wollen, aber wohl in der Eile vergessen. Totti knurrte erst mich und dann den Piraten an.
»Zum sechsarmigen Oktopus, zur platten Flunder und zum kugeligen Kugelfisch!«, fluchte die Kapitänin und stampfte mit dem künstlichen Fuß auf, dass es krachte.
»Der Oktopus hat *acht* Arme, darum heißt er auch so – *okto* ist das griechische Wort für *acht*«, verbesserte ich sie. »In Meerestieren bin ich nämlich ein Ass.«

»Soso«, krächzte die Kapitänin. »Und weißt du, worin wir Piraten Asse sind? Im Kleine-Klugscheißer-über-die-Planke-Schicken. Bringt sofort eine Planke, Männer, und legt sie über die Reling! Den Hund schicken wir gleich hinterher – mitsamt seinem Knochen!«

Totti hörte auf zu knurren und wedelte zufrieden mit dem Schwanz.

»Äh … Chefin, Entschuldigung, aber wir sind an Land. Hier gibt's keine Planke und keine Reling – nicht mal ein Meer«, flüsterte der Pirat mit dem Knochen in der Hand.

»Dann schafft sie eben da runter, ihr Pappnasen, und nagelt die Luke zu!«

Die Kapitänin drehte sich um und verschwand in der Dunkelheit. Tock, tock, tock … Zwei der Piraten packten Onkel Remu und zerrten ihn zur Luke. Wenn uns nicht schnell was einfiel, würden wir da unten für alle Zeiten begraben.

»Onkel Remu«, flüsterte ich dem Onkel zu. »Airbag-Angriff!«

»Was?«

»Mach den Sumo-Trick!«, flüsterte ich.

Da begriff er es endlich. Er ließ alle Luft aus dem Körper und zog den dicken Bauch ein. Das Seil, mit dem er gefesselt war, fiel ihm auf die Füße, und natürlich bückten sich die Piraten, um es wieder hochzuziehen. Das war der Moment für den Angriff.

»Attacke!«, rief ich.

»Nehmt das, Schurken!«, rief der Onkel und streckte blitzschnell seinen dicken Bauch heraus.

Die Piraten wissen wahrscheinlich bis heute nicht, was sie in der Dunkelheit wie eine rasende Dampfwalze traf. Sie flogen nur in alle Richtungen davon, und als sie weg waren, düsten wir los.

»Warte!«, keuchte ich beim Tempel und schnappte mir den Metalldetektor, der immer noch dort lag, wo die Kapitänin ihn hatte fallen lassen. Ich weiß nicht, warum ich das kaputte Dinge mitnehmen wollte, aber es war mir irgendwie wichtig.

Wir rannten die steile Treppe hinunter und schlüpften durch das Loch in der Mauer aus der Tempelanlage heraus.

»Huh!«, sagte ich.

»Puh!«, sagte Onkel Remu.

»Wuh!«, sagte Totti mit dem Knochen zwischen den Zähnen.

34.

Im Hotelzimmer herrschte eine trübe Stimmung. Onkel Remu spähte aus dem Fenster, und ich bastelte mir aus dem Stoff des Bademantels und mit Sicherheitsnadeln einen Kimono. Meine Hose wehte ja über der Tempelmauer im Wind, und irgendwas zum Anziehen brauchte ich für die Heimreise. Die würden Totti und ich nämlich bald antreten. Onkel Remu wusste nicht, wo er das Schwert noch suchen sollte, und ich wollte nie wieder der schrecklichen Kapitänin Hahab begegnen.

»Und du hast den Piraten die Wahrheit gesagt? Da unten war wirklich nichts?«, fragte Onkel Remu. Es war das erste Mal, dass er etwas über die Kammer unter der Luke wissen wollte.

»Nur drei Podeste: ein leeres, eins mit einem grünlich schimmernden Stein und eins mit was kleinem Runden, das matt geglänzt hat.«

»Ein grünlich schimmernder Stein und was kleines … Moment mal!«

Onkel Remus Gesicht wurde plötzlich dunkelrot. Er wühlte in seinen Bildern und zeigte mir dann eins davon. Es war ein Schwert darauf abgebildet, ein seltsam geformter Stein und irgendwas kleines Rundes.

»Waren es vielleicht die Sachen hier?«

»Kann sein, ja – außer dem Schwert natürlich.«

Über Onkel Remus eine Wange rollte eine dicke Träne.

»Weinst du wegen dem Schwert?«, fragte ich.

»Nein, weil Kinder so entsetzlich doof sind«, schniefte Onkel Remu und wedelte mir mit dem Bild vorm Gesicht herum. »Du hast da unten die lange verschollenen Schätze des japanischen

Kaiserhauses gefunden! Der grünlich schimmernde Stein ist ein Edelstein und soll den guten Willen symbolisieren, und das kleine Runde mit dem matten Glanz ist ein Spiegel, den die Japaner als Symbol der Weisheit verehren.«

»Ach ja?«

»Ach ja! Du hast einen Schatz gesehen, den seit tausend Jahren kein Mensch mehr zu Gesicht bekommen hat. Das war ein Wunder, begreifst du das nicht?«

»Nein.«

»Das hab ich mir gedacht.«

»Möchtest du die Sachen auch sehen?«, fragte ich.

»Zu spät!«, seufzte Onkel Remu. »Die haben jetzt die Piraten.«

»Wieso? Der eine, der unten war, hat doch nur den Knochen gefunden«, sagte ich und zeigte auf Totti, der das Prachtstück zwischen den Pfoten hatte.

»Stimmt«, gab Onkel Remu zu. »Wie das passieren konnte, ist mir schleierhaft.«

»Ganz einfach«, sagte ich. »Den Knochen hatte ich in der Eile vergessen.«

Dann öffnete ich Tottis Rucksack und holte den Edelstein und den Spiegel heraus, die ich mir als Andenken an unser Abenteuer eingepackt hatte. Den Spiegel wollte ich Senja mitbringen, und der Stein sollte mein Glücksbringer werden. Jetzt legte ich die beiden Sachen vor Onkel Remu auf den Tisch, und er wurde ganz still. Auch eine Träne kullerte ihm wieder über die Wange.

»Weinst du, weil ich so ein doofes Kind bin?«, fragte ich.

»Nein, weil du so *klug* bist«, schluchzte Onkel Remu und gab mir einen Kuss. »Oder sagen wir, ziemlich klug für dein Alter.«

35.

Laut Onkel Remu hatte ich zwei von drei japanischen Kaiserschätzen vor den Piraten gerettet, aber nun gab es ein neues Problem: Wir konnten so was Wertvolles ja unmöglich behalten. Die Schätze gehörten schließlich dem Kaiser.

»Warum übergeben wir sie nicht einfach der Polizei?«, fragte ich, und diesmal weinte Onkel Remu zwar nicht, aber man sah ihm deutlich an, dass ihm mein Vorschlag nicht gefiel.

»Möchtest du die kommenden Jahrzehnte in einem japanischen Gefängnis verbringen?«, fragte er zurück.

Wenn das ein Vorschlag sein sollte, klang er zwar spannend, aber er machte mir auch ein bisschen Angst.

»Muss es gleich so lang sein?«, erkundigte ich mich. »Würden ein oder zwei Tage nicht reichen?«

»Im Ernst, mein Junge: Wir müssen vorsichtig sein, sonst kommen wir wegen der Schätze in Teufels Küche.«

»Und wenn wir sie einfach in die Kammer zurückbringen?«, schlug ich vor. Draußen wurde es schon hell, aber wenn wir uns beeilten, konnten wir es vielleicht noch schaffen.

»Nein«, sagte Onkel Remu. »Das Loch in der Mauer ist bestimmt schon bemerkt worden. Und deine Hose vielleicht auch. Wahrscheinlich wimmelt es dort von Polizisten.«

Der Spiegel und der Edelstein lagen auf dem Tisch, und Onkel Remu und ich starrten sie an. Es war trotz allem, als brächten sie irgendwie Wärme ins Zimmer. Man fühlte sich mit ihnen sicher, aber sie erschreckten einen auch ein bisschen.

Onkel Remu seufzte. Dann wickelte er die Schätze in ein kleines Handtuch und steckte sie wieder in Tottis Rucksack.

Seine Bewegungen wirkten so langsam, als wäre er mit einem Schlag um Jahre älter geworden. Ich beschloss, ihn zu trösten.
»Mach dir keine Sorgen!«, sagte ich. »Zum Glück haben wir ja das Schwert nicht gefunden. Allerdings hätte es auch nicht in Tottis Rucksack gepasst. Es muss nämlich ganz schön groß sein, siehst du.«
Mit diesen Worten zeigte ich dem Onkel das Foto, das ich vom mittleren Podest gemacht hatte. Aber statt dass es ihn getröstet hätte, musste er wieder weinen. Ich fand, so langsam wurde er eine richtige Heulsuse.

36.

»Siehst du die Punkte?« Onkel Remu zeigte auf das Foto, das ich gemacht hatte. Er hatte es so vergrößert, dass man nur die Vertiefung für das Schwert sah. In die waren zusätzlich kleine Löcher gebohrt oder gehauen, die ich gar nicht bemerkt hatte. Es waren ziemlich viele, aber drei davon lagen in einer geraden Reihe und waren durch ein Linie miteinander verbunden.

»Waren das Termiten?«, fragte ich.

»Das Podest ist aus Stein«, sagte Onkel Remu. »Der ist Termiten zu hart. Was du hier siehst, ist das Sternbild Orion, und die drei miteinander verbundenen Punkte bilden den Oriongürtel.«

»Aha.«

»In Finnland nennt man ihn auch Kalevas Schwert«, erklärte Onkel Remu.

»Aha.«

»Du weißt, wer Kaleva war?«

»Nein.«

»Ein Riese und König aus einer uralten finnischen Sage.«

Ich schaute mir das Foto noch mal an. Auf der Suche nach dem Grasschneider-Schwert waren wir plötzlich beim finnischen Riesenkönig Kaleva angekommen. Da war ja wohl klar, wie es weitergehen würde.

»Wir fahren nach Finnland«, verkündete Onkel Remu.

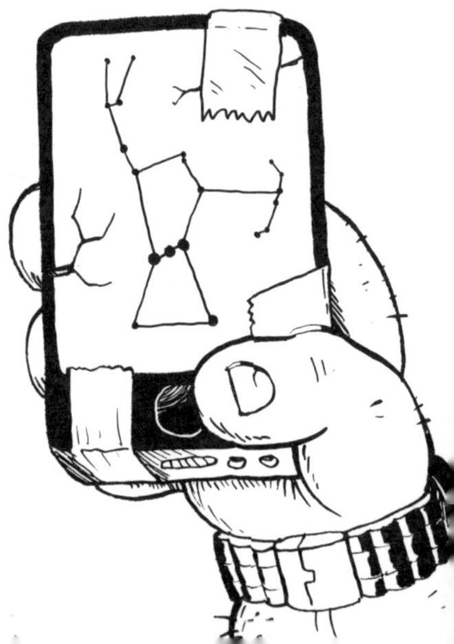

37.

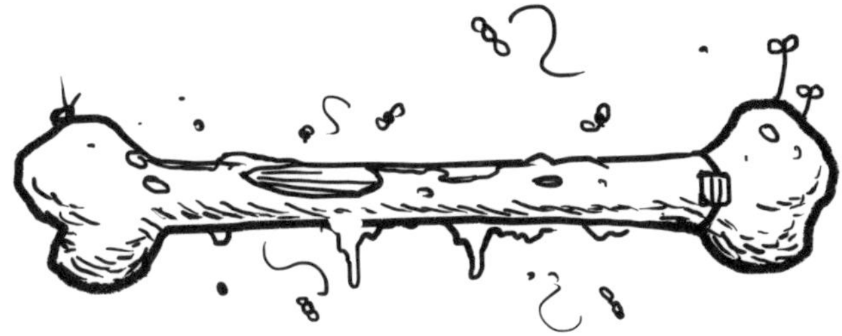

Die Rückfahrt nach Tokio war nicht so spannend. Wir schlichen uns im Morgengrauen zum Bahnhof und stiegen in den ersten Zug. Totti schlief gleich nach der Abfahrt mit seinem Knochen in der Schnauze ein. Ich lehnte mich an Onkel Remus weiche Schulter und machte die Augen zu. Der Metalldetektor lag unter meinem Sitz. Ich hatte mich dem Onkel immer noch nicht zu sagen getraut, dass er kaputt war. Ich wollte ihn aber in jedem Fall mit nach Hause nehmen. Schließlich hatte er Totti und mir gegen die schreckliche Kapitänin Hahab geholfen.

Als wir in Tokio ankamen, fuhren alle anderen gerade zur Arbeit. Es war ein einziges Geschiebe und Gedränge, und in der U-Bahn schliefen die Leute im Stehen. Uns war das Geschiebe und Gedränge nur recht. Wenn uns da jemand nachspionieren wollte, hatte er es echt schwer. Aber eigentlich konnte auch niemand wissen, dass wir eine neue Spur gefunden hatten. Kalevas Schwert und das Kusanagi no Tsurugi – vielleicht war das ja ein und dasselbe. Und das Sternbild in dem Podest wies womöglich darauf hin, dass jemand irgendwann vor langer Zeit das Schwert genommen und nach Finnland gebracht hatte. Das vermutete jedenfalls Onkel Remu.

Die anderen kaiserlichen Schätze waren immer noch in Tottis Rucksack. Laut Onkel Remu war das der beste und sicherste Platz, bis uns einfiel, wie wir sie zurückgeben konnten, ohne erwischt zu werden.

38.

Diesmal durfte ich in der Passagierkabine sitzen, und Totti musste in den Laderaum. Ich hoffe, er hatte es dort schön bequem.

Bei der Ankunft in Helsinki waren wir dann alle ein bisschen nervös. Wir mussten nämlich durch die Zollkontrolle.

»Was ist das hier?«, fragte der Zollbeamte und zeigte auf das kaputte Zahnrad in Onkel Remus Koffer.

»Das gehört zu einem Motor, der mit Kacke fährt«, gab Onkel Remu bereitwillig Auskunft.

Der Zollbeamte machte Onkel Remus Koffer schnell wieder zu.

»Und was ist das hier?«, fragte der Zollbeamte und zeigte auf den in Folie gewickelten Metalldetektor.

»Mein Geburtstagsgeschenk«, gab ich bereitwillig Auskunft.

»Made in Japan«, las der Zollbeamte auf der Armstütze, die aus

der Folie herausschaute. »Da hast du was Gutes geschenkt bekommen.«
Wir gingen schon erleichtert Richtung Ausgang, da rief er hinter uns her: »Halt! – Was hat der Hund im Rucksack?«
Wir blieben stehen und drehten uns um. Totti auch. Er schaute den Zollbeamten mit seinen großen treuen Augen an und wedelte mit dem Schwanz. Weil er den großen Knochen im Maul hatte, sah er ganz besonders niedlich aus.
»Versuch's erst gar nicht!«, sagte der Zollbeamte streng.
»Es ist nur ein Andenken drin«, versuchte es Onkel Remu.
»Ich will es *sehen*«, sagte der Zollbeamte streng.
Also bückte ich mich, machte Tottis Rucksack auf und holte eine goldene, mit der Vorderpfote winkende Katze heraus. Totti setzte sich auf die Hinterpfoten und lächelte sie selig an. Der Zollbeamte lächelte auch.
»Hoffentlich bringt sie Glück«, sagte er freundlich. Dann wandte er sich dem nächsten Passagier zu, den er kontrollieren musste.

39.

Meine Eltern holten uns ab.
»Ihr hattet bestimmt einen herrlichen Urlaub«, sagte Mutter.
»Wir nämlich auch«, stellte Vater fest.
Das wunderte mich ein bisschen, weil ich dachte, dass die beiden ganz normal zur Arbeit gegangen waren.
»Was für eine schöne Überraschung, dass du mitgekommen bist!«, begrüßte Mutter ihren Bruder.
»Eine Überraschung ist es auf jeden Fall«, gab Vater ihr recht.
»Hübsch«, sagte Mutter und zeigte auf meinen Kimono.
Mein Zimmer sah aus wie eh und je. Trotzdem fühlte es sich komisch an, wieder im eigenen Bett zu schlafen. Aber noch komischer fühlte es sich an, als mich mitten in der Nacht Onkel Remu weckte und mir den Mund zuhielt, damit ich nicht vor Schreck losbrüllte. Totti war anscheinend schon wach. Ihn braucht man auch mitten in der Nacht nicht lange zu bitten, wenn es um ein Abenteuer geht. Ich knipste das Nachttischlämpchen an, und wir zogen Tottis kleinen Rucksack unterm Bett hervor. Onkel Remu holte sein Taschenmesser mit den vielen Werkzeugen heraus und schraubte den Boden der Winkekatze ab. Der Spiegel und der Edelstein purzelten auf meine Bettdecke.
»Das beim Zoll war ganz schön knapp«, sagte der Onkel und streichelte Totti dankbar den Kopf.
»Und was machen wir jetzt mit den Sachen?«, fragte ich.
Onkel Remu antwortete nicht. Stattdessen drehte und wendete er erst den Spiegel und dann den Edelstein und untersuchte sie beide ganz genau. Die Rückseite des Spiegels war aus Metall und überall graviert.

»Wir geben sie natürlich zurück, aber zuerst …«

Onkel Remu sprach den Satz nicht zu Ende. Er verstummte einfach wie ein Roboter, wenn der Akku leer ist.

»He! Was ist los?«, fragte ich und gab ihm einen Stups.

Da erwachte er wieder zum Leben und zeigte mit zittrigem Finger auf Totti, der an seinem Knochen knabberte. Der Knochen war inzwischen fast durchgenagt, und in seinem Innern sah man etwas glitzern. Als ich es vorsichtig herauszog, war es ein Stück Plastik, das an die SIM-Karte eines Handys erinnerte. Zum Glück hatte Totti es nicht verschluckt.

»Wo kommt das Ding her?«, flüsterte Onkel Remu und schaute sich nervös im Zimmer um.

Ich folgte seinem Blick und fand, die Schatten in den Ecken wurden plötzlich dunkler.

»Wer hat das in Tottis Knochen gesteckt?«, flüsterte der Onkel.

»Keine Ahnung … Oder doch: der Pirat, der den Knochen aus der Kammer hochgebracht hat. Der hätte die Gelegenheit gehabt. – Aber warum sollte er eine SIM-Karte in Tottis Knochen verstecken?«

»Das ist keine SIM-Karte«, sagte Onkel Remu düster.

»Und was ist es dann?«

»Ein Sender.«

40.

Wenn Onkel Remu recht hatte, wusste die Kapitänin jetzt, wo ich wohnte. Wir hatten sie direkt zu mir nach Hause geführt. Mir wurde richtig mulmig. Ich spähte durch die Vorhänge auf die Straße. Sie war leer. Aber weiter entfernt, beim Kranichpark, da bewegte sich was. Ein seltsamer Schatten. Wie ein Oktopus sah der aus. Quatsch, die leben im Meer, nicht im Park! Ich schloss die Augen, und als ich sie wieder aufmachte, war der Schatten verschwunden.

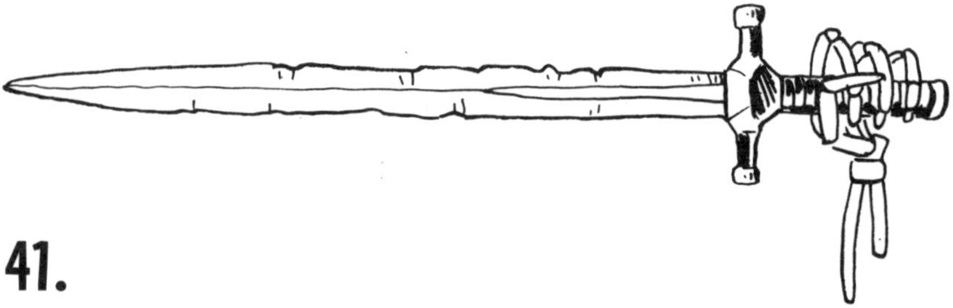

41.

Wir standen im Finnischen Nationalmuseum vor den Vitrinen mit den Schwertern, und ich zeigte auf eins davon.

»Nein«, sagte Onkel Remu. »Viel zu modern. Das ist es nicht.«

»Und was ist mit dem da?« Ich zeigte auf eine alte Klinge, die keinen Griff mehr hatte.

»Das war mal ein Wikingerschwert. Und die beiden davor und dahinter sind es auch nicht. Nein, nein, nein.«

Wir verglichen Schwert um Schwert mit dem auf Onkel Remus Bild, aber keines sah dem Kusanagi auch nur ähnlich. Dann juckte es mich plötzlich im Nacken, als hätte mich jemand mit einem Grashalm gekitzelt. Ich fuhr herum, aber im ganzen großen Museumssaal war außer dem Onkel und mir nur noch der Aufseher. Kurz darauf entdeckte ich eine dunkle Gestalt, die sich als Wachsfigur herausstellte. Bildeten wir uns das mit dem Sender vielleicht nur ein? War das Stückchen Plastik doch eine ganz normale SIM-Karte, die weiß der Himmel wie in den Knochen geraten war? Überhaupt: Was wussten wir schon von japanischen Hundeknochen?

42.

Onkel Remu und ich untersuchten den Spiegel und den Edelstein noch mal zusammen.

»Ist es nicht schön, dass Remu und Pekka so viel miteinander machen?«, hörte ich Mutter im Wohnzimmer sagen.

»Ich weiß nicht, ob dein Bruder die richtige Gesellschaft für den Jungen ist«, entgegnete Vater nachdenklich.

»Aber natürlich ist er das. Remu würde den Jungen nie auf dumme Gedanken bringen. Er ist schließlich Ingenieur«, verteidigte Mutter ihren Bruder, und sie hatte natürlich recht. Er war die beste Gesellschaft, die ich mir überhaupt vorstellen konnte. Durch ihn lernte ich vielleicht bald ein japanisches Gefängnis von innen kennen. Das heißt, wenn mich nicht vorher die schreckliche Hahab erwischte.

Ich sah zu, wie Onkel Remu vorsichtig den Spiegel auseinandernahm.

»Der eigentliche Spiegel ist wahrscheinlich aus Bronze. So alte Spiegel wurden aus Metall gemacht, weil man Glas noch gar nicht kannte.«

Genau da fiel die Spiegelscheibe klappernd auf den Tisch. Der Onkel hatte nur noch die leicht gebogene Fassung in der Hand. Sie war aus dickerem Metall, und in die kreisrunde Fläche, die vorher die Spiegelscheibe verdeckt hatte, war wieder etwas eingraviert.

Onkel Remu untersuchte die Gravur mit dem Vergrößerungsglas, das er immer bei sich trug.
»Kein Hinweis, nichts«, stöhnte er. »Nur ein Vogel. Ein Kranich. Das ist der Nationalvogel Japans.«
»Und wenn wir falschliegen? Wenn das Kusanagi doch nicht dasselbe ist wie Kalevas Schwert?«
»Schon möglich«, stöhnte Onkel Remu und drehte die Hälften seines kaputten Zahnrads zwischen den Fingern. »Es wäre auch zu schön gewesen … Die Welt zu retten, meine ich.«
»Du hast es wenigstens versucht«, tröstete ich ihn.
»Stimmt – und dabei jämmerlich versagt! Nun ja, etwas Gutes hatte die Sache: Du hast ein Geburtstagsgeschenk bekommen, an dem du noch viel Freude haben wirst.«
Onkel Remu kniff mir mit einem traurigen Lächeln in die Wange. Dann holte er den Metalldetektor. Mir trat kalter Schweiß auf die Stirn.
»Ein tolles Gerät«, sagte Onkel Remu und strich mit dem Finger über den Startknopf.
»Äh … ich glaube, wir werden zum Essen gerufen«, versuchte ich ihn abzulenken.
»Zu früh«, sagte Onkel Remu, dessen Finger sich gerade wieder von dem Startknopf entfernte. »Was hältst du davon, wenn wir bis zum Essen rausgehen und nach Schätzen suchen? Ich dachte, bevor ich morgen nach Hause zurückfliege, machen wir noch mal was Schönes zusammen.«
Der Onkel klang endlich wieder etwas munterer. Ich nickte und war erleichtert, als er mir den Metalldetektor in die Hand drückte und seine Schuhe anziehen ging. Natürlich würde ich bald erklären müssen, was mit dem tollen Geschenk passiert war, aber ich hatte wieder ein bisschen Zeit gewonnen.

43.

Onkel Remu wollte unbedingt in einen Park, also führte ich ihn in den Kranichpark. Genau dorthin, wo Totti und ich schon mal auf Schatzsuche gewesen waren. Und wo das tolle Geburtstagsgeschenk kaputtgegangen war.

»Scheint mir ein ausgezeichneter Platz für eine Schatzsuche zu sein«, sagte Onkel Remu. »Wo viele Leute unterwegs sind, geht auch viel verloren, was man suchen kann. Ich schlage vor, wir fangen mit Münzen an. Eine für dich und eine für mich – als Glücksbringer und zur Erinnerung an unser gemeinsames Abenteuer. Ich zuerst, einverstanden?«

Onkel Remu streckte die Hand nach dem Metalldetektor aus, aber ich wollte ihn nicht hergeben. Onkel Remu sollte nicht gleich am Anfang unseres kleinen Ausflugs wieder traurig werden.

»Was ist?«, wunderte er sich, als ich das Gerät nicht losließ,

»Vielleicht ist es doch keine so gute Idee«, sagte ich.

»*Was* ist vielleicht keine so gute Idee?«

»Die Schatzsuche. So was ist hier bestimmt verboten.«

»Unsinn!«, schnaubte Onkel Remu und riss mir das Gerät aus den Händen.

Das Spiel war aus. Gleich würde der Onkel alles merken und mir nie wieder was zum Geburtstag schenken. Er würde mich auch nie wieder sehen wollen. Ich drehte mich um und hielt mir die Ohren zu, während er sich die Kopfhörer einstöpselte. Totti sah mich an und wackelte fragend mit dem Schwanz.

Ich musste nicht lange warten, dann roch ich Rauch. Ich hielt mir die Ohren fester zu und hörte trotzdem Schreie. Logisch, dass der Onkel wütend war. Ich hörte ihn schreien, aber ich wollte ihn nicht sehen. Totti stupste mich ein paarmal mit der Schnauze, aber ich scheuchte ihn weg. Lange ging das so, und am Ende siegte doch die Neugier. Ich drehte mich um und sah Onkel Remu um die Kranichstatue tanzen. Er tanzte und hüpfte und stieß Jubelschreie aus. Aber das Komischste war, dass er dabei den qualmenden Metalldetektor schwenkte.

»Was machst du?«, fragte ich, hielt mich aber vorsichtshalber von ihm fern. Vielleicht war ja irgendwas mit seinen Nerven.

»Hör dir das an!«, schrie Onkel Remu und hielt mir die Kopfhörer ans Ohr. Dann hielt er den qualmenden Metalldetektor an die Füße des Kranichs. Da hörte ich noch nichts. Ich hörte erst was,

als er die Suchsonde über die Beine und Flügel zum Schnabel des Kranichs hinaufführte. Da ging ein Gepiepse los, als wollte das Gerät gleich explodieren. Das Display spielte verrückt und glühte rot, und überall quoll weißer Rauch heraus.

»Was hat das zu bedeuten, Onkel Remu?«, fragte ich.

»Der Vogel ist ein Kranich, und ein Kranich war auch innen in den Spiegel eingraviert!«, schrie der Onkel. »Und jetzt sieh dir den Schnabel da oben an!«

Onkel Remu holte Luft und zog seine Brieftasche heraus. Darin steckte zusammengefaltet das Bild des Kusanagi. Ich sah sofort, was Onkel Remu meinte: Das Schwert und der halbe Schnabel des Kranichs in unserem Park sahen haargenau gleich aus.

»Aber …«

»Nichts aber – es ist einfach so, auch wenn ich keinen blassen Schimmer habe, warum. Der halbe Schnabel des Kranichs hier ist aus dem Kusanagi no Tsurugi gemacht«, antwortete Onkel Remu auf die Frage, die ich ihm hatte stellen wollen.

»Wir haben es gefunden!«, jubelte Onkel Remu, dann packte er mich und tanzte mit mir durch den Park. Auch ich war glücklich. Wir hatten das Grasschneider-Schwert doch noch gefunden!
Genau da erzitterte der Boden unter unseren Füßen.

DSM
HHB-666

44.

Es war ein Oktopus. Ich rieb mir zweimal die Augen, aber es blieb ein Oktopus, der auf uns zukam. Erst als er schon ganz nah war, sahen wir, dass es in Wirklichkeit das seltsamste Fahrzeug der Welt war. Auf dem Führerhaus stand DSM, das war die Abkürzung für den Wahlspruch der Kapitänin Hahab: »Death to the Sea Monsters« – »Tod den Seeungeheuern«. Die Kapitänin selbst steuerte das Gefährt in unsere Richtung.

»Aus dem Weg!«, hörten wir sie durch den Motorenlärm hindurch schreien. »Das Schwert gehört mir! Aus dem Weg, oder ich zerquetsche euch wie Krabben!«

Onkel Remu erholte sich schneller als ich vom ersten Schreck.

»Ich nehme das Schwert an mich. Es darf ihr nicht in die Hände fallen!«, rief er mir zu.

Dann kletterte er auf das Podest der Statue und versuchte, den Schnabel des Kranichs abzureißen. Die Erde bebte. Der Oktopus kam auf uns zu. Ich stand wie angewurzelt da, und Onkel Remu riss verzweifelt an dem Schnabel. Dann hatte ihn der Oktopus erreicht. Er streckte einen Fangarm aus und pflückte Onkel Remu vom Podest wie eine reife Birne.

»Danke, dass ihr uns hergeführt habt! Zur Belohnung lasse ich euch vielleicht am Leben!«, rief die Kapitänin und lachte ihr hässliches Lachen.

Dann fuhr der Oktopus einen zweiten Fangarm aus und brach den Kranichschnabel ab wie einen trockenen Zweig.

Totti klemmte winselnd den Schwanz zwischen die Beine und legte die Ohren an.

»Lass mich das Schwert wenigstens untersuchen! Oder gib mir nur ein winziges Stück davon! Der Griff würde mir schon reichen«, bettelte Onkel Remu, der hilflos an dem Fangarm zappelte. »Es geht mir doch nur um Zahnräder für eine bessere Welt!«

»Nichts da!«, schrie die Kapitänin. »Ich will das ganze Schwert.

Das Grasschneider-Schwert, das auch den Wind dreht – damit werde ich die Winde beherrschen und mit den Winden das Meer. Niemand wird mehr die Meere befahren, wenn ich es nicht will! Ich, Kapitänin Hahab, bin von jetzt an die Herrscherin der Meere, und alle müssen mir gehorchen: die Fische, die Seeungeheuer und die Menschen!«

Die Kapitänin zog an einem Hebel, und der Fangarm mit dem Schwert bewegte sich aufs Führerhaus zu.

»Pekka, steh nicht nur rum – tu was!«, rief der zappelnde Onkel.

»Und was?« Ich hörte selbst, dass ich wie ein winselnder Floh klang. Aber ich gehe schließlich erst in die Zweite.

»Mach den Windeltrick!«, rief Onkel Remu.

Da erst merkte ich, dass der Oktopus ein bisschen wie ein Sumo-Ringer schwankte. Und dass zwischen seinen Fangarmen eine Schnur baumelte. Oder nein, es war ein Schlauch. Keine Ahnung, wozu er gut war, aber ich wusste jetzt, was der Onkel meinte. Ich rannte los, um mir den Schlauch zu greifen. Totti zögerte kurz, dann rannte er hinter mir her.

»He! Wo willst du …?«, hörte ich die Kapitänin rufen.

Dann war ich mitten zwischen den Fangarmen. Der falsche Oktopus knarrte, klapperte und zischte, aber das machte mir auf einmal alles nichts mehr aus. Mein Ziel war der Schlauch, der jetzt genau über mir baumelte. Ich nahm einen kurzen Anlauf, sprang – und kriegte den Schlauch leider nicht zu fassen. Ich landete mit einem Bauchklatscher auf der Erde, und der Oktopus begann sich zu drehen. Die Kapitänin wollte mit dem Schwert verschwinden. Ich rappelte mich auf und wollte den Sprung noch mal versuchen, aber der Schlauch baumelte viel zu weit oben. Ich wollte schon aufgeben, als ich plötzlich Zähne an meinem rechten Knöchel spürte. Jemand biss mich, und das tat weh. Schrecklich weh! Es tat so weh, dass ich schrie und einen Luftsprung machte. Und diesmal kriegte ich den Schlauch zu fassen. Zum Glück, denn unter mir bellte und knurrte Totti, als wäre er nicht mehr ganz bei Trost.

45.

Erst passierte gar nichts. Der Oktopus bewegte sich weiter, ich hing an dem Schlauch unter seinem Bauch, und Totti hüpfte herum, damit ihn keiner der Fangarme erwischte. Ich überlegte schon, ob ich den Schlauch loslassen sollte, da riss er plötzlich ab. Ich fiel auf die Erde, und über mir spuckte das offene Ende des Schlauchs schwarze Tinte. Jedenfalls dachte ich das erst. Aber dann war es Öl. Totti und ich wurden schwarz gesprenkelt, und der Oktopus zuckte auf einmal nur noch. Dann zischte es, und er bewegte sich gar nicht mehr. Auch Onkel Remu fiel jetzt auf die Erde. Und das Schwert. Das Grasschneider-Schwert, mit dem man auch den Wind lenken konnte.

Totti und ich konnten gerade noch beiseitespringen, bevor der Oktopus knirschend auf die Seite kippte. Ich stellte den Fuß auf einen Fangarm und trommelte mir auf die Brust.

»Pekkas Windeltrick zum Zweiten!«

46.

Ich hatte mich zu früh gefreut. Die Kapitänin kletterte aus dem kaputten Gefährt, und sie sah böse aus. Wenn man wissen will, wie böse, braucht man sich nur vorzustellen, ein an Verstopfung leidender, von schrecklichen Kopfschmerzen geplagter Tiger hätte sich dazu noch den Schwanz in der Tür eingeklemmt – selbst so ein Tiger wäre gegen die Kapitänin in dem Moment das reinste Miezekätzchen gewesen. Aus den Augenwinkeln sah ich, dass Onkel Remu noch ganz benommen war. Totti und ich mussten allein mit der bösen Hahab fertigwerden. Zwei gegen den Albtraum aller sieben Meere.

»Na warte, Mistkäfer!«, schrie die Kapitänin, und ich hätte schwören können, ihr schlugen dabei Flammen aus dem Mund. »Bleib stehen, oder ich mach Sprottenmus aus dir!«

Ich wusste nicht, was Sprottenmus war, aber es klang nicht sehr lecker. Totti knurrte, und ich versuchte, ihn mit meinem Blick zum Schweigen zu bringen. Ich hörte schon das Tock-tock-tock, mit dem die Kapitänin näher kam, da fiel mein Blick auf das Schwert. Ehrlich gesagt, sah es gar nicht so besonders aus: alt irgendwie und stumpf, als wäre es schon ein bisschen zu lange der halbe Schnabel einer Kranichstatue gewesen. Sogar der Griff sah aus, als wäre er lose. Trotzdem war da was an dem alten Ding, das mir Mut machte. Ich streckte die Hand danach aus.

»Halt!«, schrie die Kapitänin, die jetzt ganz nah war. »Wage nicht, es anzufassen, Wanze!«

Aber ich wagte es doch. Ich nahm das Schwert, und es war erstaunlich leicht. Onkel Remu hatte recht. Es war aus dem leichtesten Metall der Welt.

»Gib es her! Es gehört mir!«, kreischte die Kapitänin außer sich vor Wut.

Aber ich dachte gar nicht daran, das wunderbare Schwert herzugeben. Ich hob es in die Höhe und spürte, wie auch mein Kopf ganz leicht wurde. Dann sah ich alles um mich herum unscharf werden. Und plötzlich war da eine brennende Wiese. Ich roch sogar das Feuer. Aber vor allem spürte ich die Kraft, die aus dem Schwert in mich hineinströmte.

»Du widerliche kleine Qualle! Du glibberige Seegurke! Du Wattwurm …«

Die Stimme der kreischenden Kapitänin wurde leiser, als ich das Schwert schwang, um den Wind zu lenken. Ich holte ihn von hinter meinem Rücken und machte ihn zum Wirbelsturm, der die schreckliche Hahab packte. Verzweifelt klammerte sie sich an einen Fangarm ihres umgekippten Oktopus.

»Hör auf!«, kreischte sie. »Ich mache dich reich! Wir herrschen *zusammen* über die sieben Meere! Ich mache dich zu meinem Prinzen!«

Ich antwortete ihr mit einem letzten gewaltigen Windstoß, der die schreckliche Kapitänin Hahab mitsamt dem Oktopus auf Nimmerwiedersehen verwehte …

47.

»Was ist passiert?«, fragte Onkel Remu ein Stück über mir.
Ich stützte mich vollkommen außer Atem auf das Schwert und bekam kein Wort heraus. Totti winkte dem Onkel wenigstens.
»Ich denke, wir sind hier fertig«, sagte Onkel Remu, und ich nickte.

48.

Laut Onkel Remu war ich ganz klar ein Genie.
»Du hast es irgendwie geschafft, den Metalldetektor so einzustellen, dass er das Kusanagi erkannt hat. Erzähl, wie hast du das gemacht?«
»Schatzsuchergeheimnis«, sagte ich und zwinkerte Totti zu.
Totti wedelte mit dem Schwanz, und dem Onkel stiegen Tränen in die Augen.
»Weinst du, weil Totti und ich Helden sind?«, fragte ich.
»Ja«, gab Onkel Remu zu. Dann reiste er ab.

49.

Eines Tages hieß es im Fernsehen, in Japan hätten die lange verschollenen kaiserlichen Schätze im Morgengrauen auf der Treppe zum Kaiserpalast gelegen. Es gab ein Fest, und dass dem Schwert der Griff fehlte, schien niemanden zu stören.

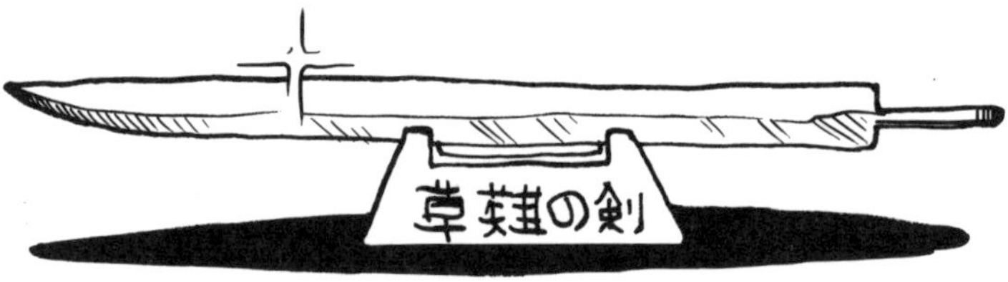

Auch über einen großen Durchbruch in der Automobiltechnik wurde berichtet: Es gebe jetzt einen Motor, der mit Gas aus Kacke fahre und so gut wie keine Schadstoffe mehr ausstoße. Eine Revolution in der Autoindustrie! Der einzige Nachteil der neuen Technologie sei der Geruch der Abgase – ein vergleichsweise kleiner Preis für die Rettung der Welt.

50.

Das Päckchen kam mit der Post, und Totti durfte das Papier abreißen. In einer mit glänzender Seide ausgekleideten Schachtel lag ein matt schimmernder Gegenstand. Als ich ihn herausnahm, war er so leicht wie Luft.
Ich befestigte Tottis künstliche Pfote an seinem Stummel, und sie passte perfekt. Logisch, schließlich war es Onkel Remu, der Maß genommen und die Prothese eigenhändig angefertigt hatte. Er ist eben Ingenieur.

51.

Mein Mitbringsel für Senja hab ich natürlich auch nicht vergessen: die goldene Winkekatze, die Glück bringen soll.

»Das wäre doch nicht nötig gewesen, Quatschtüte!«, sagte sie zufrieden.

Totti rannte vor Wiedersehensfreude mit Topi um die Wette. Sie gruben Löcher, dass nur so die Erde durch die Gegend flog. Die beiden wälzten sich im Gras und tobten wie die Wilden. Totti war der glücklichste Hund der Welt. Totti Superpfote. Und ich? Ich war der glücklichste Junge der Welt.

WAS KAPITÄN HAHAB

Idee 1

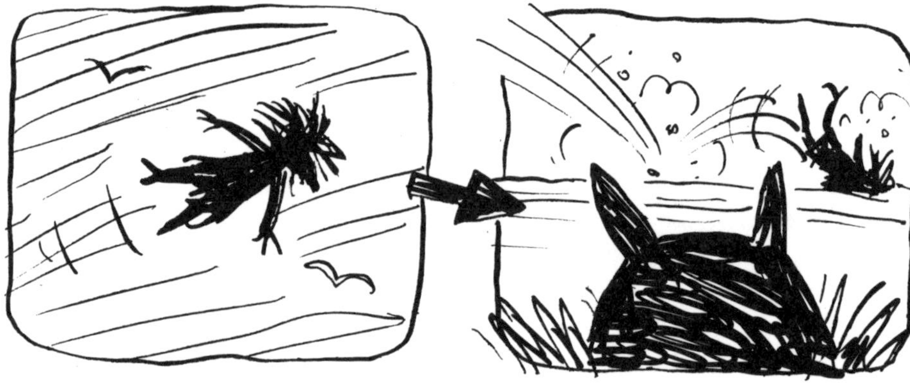

Idee 2

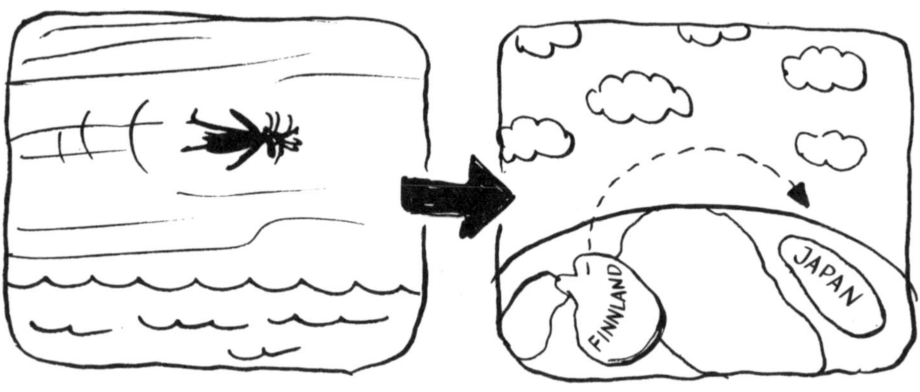

Idee 3

ZUGESTOSSEN SEIN KÖNNTE

Timo Parvela war lange und gern Lehrer, bevor er Schriftsteller wurde. In Finnland ist er unbestritten der Star der Kinderliteratur, und auch in Deutschland sind seine *Ella*-Bücher Kult. *Das verschollene Samuraischwert* ist, nach *Der komische Vogel*, *Die Wunderelf* und *Der verrückte Angelausflug*, der vierte Band der Pekka-Reihe.

Pasi Pitkänen arbeitete nach seinem Grafikdesign-Studium einige Jahre für Rovio Entertainment, die Firma, bei der die bekannten *Angry Birds* erfunden wurden. Heute lebt er als freier Illustrator in Helsinki.

Anu und Nina Stohner sind Mutter und Tochter und übersetzen immer wieder gern zusammen.

Die Originalausgabe erschien 2017 unter dem Titel *Pate aarresaarella*
bei Tammi in Helsinki.

2. Auflage 2022

ISBN 978-3-446-25874-7

Published by arrangement with Werner Söderström Ltd. (WSOY)

Aus dem Finnischen von Anu und Nina Stohner
Umschlag: Pasi Pitkänen
Satz im Verlag, Jasmin Oeller
Druck und Bindung: Friedrich Pustet, Regensburg
Printed in Germany

FSC
www.fsc.org
MIX
Papier aus verantwortungsvollen Quellen
FSC® C014889

Egal ob es um Fußball, Angeln oder die Liebe geht – mit Pekka wird alles zum spaßigen Abenteuer!

»Absolute Lachgarantie mit Timo Parvelas Büchern … Da wird innerhalb weniger Sätze selbst der schlimmste Lesemuffel zu einer begeisterten Leseratte.«
Susann Fleischer, literaturmarkt.info

»Zum Schieflachen«
Imma Wick, Westdeutsche Allgemeine Zeitung

Timo Parvela
Pekkas geheime Aufzeichnungen
Aus dem Finnischen von Anu und Nina Stohner
Gebunden
Als Hörbuch bei Igel Records erschienen

ゴジラ
GODZILLA
日本橋 Nihonbashi
四谷 Yotsuya
20
新宿駅西口 Shinjuku Sta.
414
千駄ケ sendaga
414